ちょっと並んで歩きませんか

Shall we walk side by side?

栗城 偲
SHINOBU KURIKI presents

ガッシュ文庫
KAIOHSHA

イラスト／北上れん

CONTENTS

本作品の内容はすべてフィクションです。
実在の人物・地名・団体・事件などとは一切関係ありません。

ちょっと並んで歩きませんか
step1

桜町征弥《さくらまちせいや》の実家から自宅までは、電車で一駅分、歩いておよそ三十分の距離がある。一歳半になる一人娘の弥玖《みく》は実家近くの保育園に預けており、実母がパート後に迎えに行き、桜町の仕事終わりまで預かっていてもらうというのが常だ。

実家の最寄り駅は定期券の圏内にあるので、電車を使えばもっと早く移動できるのだが、桜町はその道程をいつもゆっくりと歩いて帰っていた。

夜でも冷えることが少なくなったし、最近運動不足だから、と両親には言い訳しているが、本当の理由は別のところにある。

「んんー……」

「ん、どうした？」

胸に抱いた弥玖が、少しだけむずかるように身を捩《よじ》る。背中を優しくさすってみるが、弥玖は眉《まゆ》を寄せたまま、いや！　と不満げな声を出した。

「弥玖。声大きいよ。しー」

「やー！」

娘の弥玖は、最近ようやく言葉を覚え出した。喃語《なんご》ではなく、きちんと意思を持って言葉を選べるようになっている。

けれど、親と意思の疎通をはかれるかどうかはまた別の話だ。

静かにね、と繰り返してみても、歩みを進める度に弥玖のご機嫌が悪くなっているような気がして、桜町は息を吐《つ》く。

どうやら弥玖は少し早目の反抗期に差し掛かったらしく、最近なにかにつけいやいやと駄々を捏《こ》ねるようになった。

育児書などでの予備知識があったとはいえ最初は戸惑うばかりで、慣れてくると今度は、娘の癇癪《かんしゃく》が時折ひどく神経に障ることもあって気が滅入《めい》る。

「弥玖。お父さん、ちょっと疲れちゃったよ……」

「いーやっ」

独り言《ご》ちた科白《せりふ》に、弥玖が反応して歯を剥《む》く。恐らく父親の言っている意味はわかっていないのだろうけれど、桜町は娘の拒絶の言葉に気落ちした。

桜町は駅から徒歩五分のマンションに、娘と二人で暮らしている。築浅で南向きの自宅は2LDKで、父親と赤ん坊の二人家族で住むには少しだけ広い。現に一部屋はからっぽの状態で放置してある。元妻の部屋だったその一室は、彼女が出て行ったときのままだ。

荷物を置くこともなく、ただ遊ばせていると知ったら両親はますます一緒に住もうと言ってくるかもしれない。

今のマンションに住むようになったのは、結婚が決まってすぐのことだった。子供が欲しかったので、桜町はいっそファミリータイプの物件を購入してしまおうかとも思っていたが、元妻の美智子《みちこ》に反対され、賃貸物件を借りることにしたのだ。

今にして思えば、購入しなくて正解だったかもしれないとは思う。その反面、もしかしたらその当時から既に、妻は自分と一生添い遂げるつもりがなかったのかもしれないと穿《うが》ったことも考えた。訊《き》けば答えてくれるだろうが、今更彼女と対峙《たいじ》する気力はない。

「やー！　いーやっ！」

「……弥玖、しー、だよ」

自分の肩に食い込む抱っこひもが、日々重くなっていっている気がする。

けれどそれは、娘の体重が極端に増えているからではない。娘の成長よりも、加速度的に重みが増しているのは、桜町が心身ともに疲弊《ひへい》しているからだ。

このままではいけない。そう思いながらもどうしようもなく、桜町は自宅に向けて重い足を引きずるようにして歩いた。


子供が生まれたのは、結婚四年目の三十三歳のときだった。

結婚したのは互いにまだ三十歳になったばかりの頃で、ようやく責任のある立場に就きはじめ、仕事が面白くなってきたところだった。

だからまだ子供は作りたくない、と言ったのは妻の美智子だ。桜町もすぐに子供が欲しいというわけではなかったので、夫婦で話し合って、三十半ばまでにはという曖昧《あいまい》な期限を切った。

そして思っていたより早く妻の美智子が妊娠し、桜町は喜んだ。妻にも出来る限り心を砕き、家の中も赤ん坊仕様に変え、胎教にいいとされる書籍や音楽を揃《そろ》え、すぐに職場復帰をしたいと言っていた美智子のために保育園も探しまわった。

妻や子供のためにと思いながら浮かれて、彼女が本当はなにを考えているかなど、想像もしていなかったのだ。だから、こんなことになったのかもしれない、と今は思う。

生まれた子は女の子で、「弥玖」と名前を付けた。

娘は本当に可愛《かわい》かった。男親から見る娘は格別だと言うが、桜町はすぐに生まれたての弥玖にメロメロになった。

信じられないほど小さくて頼りなくて、まだどちらに似ているかもわからなかったけれど、わが子が世界で一番可愛いと思ったのだ。

けれど、産院のベッドの上でも、退院してからも、美智子はずっと浮かない顔をしていた。

桜町にとって、生まれたての娘はなにをしても可愛い。きっと妻も同じ気持ちでいるだろう。勝手にそう思っていたが、それはどうやら勘違いだったらしい。

娘が生まれて半年が過ぎた頃、桜町は妻から唐突に離婚の話を切り出された。

産休も明ける前で、そろそろ育児休暇の申請を考えないと、と思っていた矢先のことだ。

桜町にとっては突然の話だったが、彼女はこの半年間、ずっと考えていたことだったと言った。そう言われて、妻がなにか思いつめているということを、露ほども知らなかったことに気づいたが、もう後の祭りである。

本当に理由に思い至らなくて、どうしてと問うと、美智子は力なく苦笑した。

――ごめんね。私、この子を愛せないみたいなの。

まるで天気の話をするようにあっけらかんと、妻はそう言ったのだ。

母親に指を差され、娘は黒目がちの瞳《ひとみ》をこちらに向けた。それはいつも桜町がこの上なく愛しいと思っている表情で、それを目の前にした妻から発せられた言葉が、にわかに信じられない。

――私ね、自分でもびっくりするくらい母性本能がないみたい。母親に向いてないのね。

まるで他人事《ひとごと》のようなその言い方に、眩暈《めまい》がした。

さばさばとした明るい女性で、少し流されやすく押しに弱い桜町から見ると、彼女は自分にはないものを持っているようで魅力的に映ったのだ。

情に薄いわけでもなく、寧《むし》ろ面倒見がよいと思えるくらいだったのに。まだお互い親になったばかりじゃないかと執り成そうとした桜町に、妻は溜息《ためいき》を吐いた。

娘が生まれたときも感動もなにもなかった。愛しさも湧《わ》いてこなかった。憎いわけではない。嫌いなわけでもない。ただ、なんの情も湧かない。そう話す妻に、桜町は呆然《ぼうぜん》とした。

そうして、昨日まで、つい先程まで愛していた女性が、急に遠い存在に思えてしまったのだ。

掌《てのひら》から、彼女への愛情が零《こぼ》れていくような、そんな気がした。そして、自分はそれを掬《すく》いあげる気にもなれなかった。彼女もまたそんな桜町を見て、元の夫婦関係に戻れるとは思ってもいなかったのだろうし、望んでもいなかっただろう。

——離婚——。

したいのか、と問おうとした桜町の言葉尻《じり》を奪って、美智子が「しましょう」と同意の声を上げた。

随分と前から計画していたのか、美智子は今後の流れについてわかりやすいくらいわかりやすく説明してくれた。自分が有責だから養育費と慰謝料も払う、と言いながら記入済みの離婚届も渡される。

流石《さすが》にそんなに簡単に終わらせることも出来なかったが、数度の話し合いを経て、ほとんど揉《も》めることもなく離婚は成立した。

親権は桜町のものに、慰謝料はなしで、弥玖が成人するまで養育費を彼女が支払う。面会交流権については、美智子自身はどちらでもよいというスタンスだったが、娘が年頃になれば男親には相談しにくい話もあるだろうからと、桜町が頭を下げる形で月に一度の面会を約束した。

そうして、四年に及ぶ結婚生活は幕を閉じ、元妻は「いいパパになるわよ」とまるっきり他人事のような言葉を残し、職場へ颯爽《さっそう》と戻っていったのだ。

結局、離婚後は一度も母娘《おやこ》は面会をしたことはないし、桜町も元妻と顔を合わせたことはない。こちらから連絡を取ることはないが、今も楽しく仕事は継続しているようだという話は伝わってくる。

責める気持ちは、桜町にはなかった。今はいない元妻のことよりも、愛娘のことだ。

ふっと溜息を吐くと、弥玖はばしばしと父親の胸を叩《たた》きながらぐずり始めた。桜町は慌てて鞄から娘のお気に入りである、頭部がパンで出来ている正義のヒーローのぬいぐるみを取り出す。

「ほら弥玖ー、大好きなぬいぐるみだぞ」

娘にそれを手渡し、アニメの主題歌を小さく歌うと、娘は多少気に食わない顔をしながらもぐずるのをやめた。ぬいぐるみの手足を動かしながら、泣き出す様子がないのを確認してほっと胸を撫《な》で下ろす。

桜町が電車を使用しないのは、これが理由であった。

弥玖は、小さな体で大きな声を出して泣く。一体どこから声を出しているのか、結構なボリュームで泣くので、あからさまに迷惑な顔をされることもままあった。

お気に入りのぬいぐるみでも泣き止まないときは、こうして歌を歌ってやると気が逸《そ》れて泣き止むこともあるのだが、いかんせん電車の中で歌うのは気恥ずかしさが勝る。

自宅までそれほど距離があるわけでもないし、ならばいっそ、弥玖と一緒のときは電車に乗らない、という選択肢を桜町は選んだ。

ご機嫌がよくなったらしい弥玖にねだられながら、桜町は帰路を延々と歌い続ける。自宅マンションにたどり着いたときは少々息切れをしていた。

弥玖が泣き出す前に帰れたことをちょっと嬉《うれ》しく思いながら、マンションのエントランスのドアを開く。

丁度歌も佳境に入っていたので、桜町は娘の手を取って正義のヒーローの必殺パンチを繰り出しながら叫んだ。

「――あ、おかえりなさーい」

技の名前を作り声で叫んだところで声をかけられ、桜町は思わずその場で固まった。一瞬遅れて、顔が燃えるように熱くなる。

「……っ！」

いつもならこの時間は人がいないので油断していた。

娘をあやしているだけなのだからなにもおかしなことはない、と頭の中で必死に言い聞かせてみるが、なんとなくいい年をした男が人形遊びを見られてしまったような、言いようのない羞恥《しゅうち》が込み上げてくる。

ぎこちない動きで声のしたほうを見やると、若い男がにこにことしながら立っていた。

その顔に見覚えがあってますます恥ずかしくなり、涙目になる。桜町は身悶《みもだ》えしたくなるのを必死に堪えながら、頭を下げた。

「……管理人さん、こんばんは……」

管理人は、挨拶《あいさつ》をした桜町ににこっと歯を見せて笑った。

朝早く、夜はそれなりに遅い桜町は、管理人と顔を合わせる機会はあまりない。そして元来、人の顔を覚えるのも得意ではなかった。

それでも数度しか会ったことのない彼のことを覚えていたのは、その業種にしては彼の年齢が若かったからだ。

それも、比較的若いということではなく、三十四歳の桜町よりも明らかに若い。まだ二十代にしか見えない。そしてただ若いだけでなく、モデルや芸能人と言われたら信じてしまうほどバランスのいい体型をしていたのだ。

少々軽薄そうな印象はあるが、非常に整った容姿のそんな男が管理人だと言われて、強い印象を持ったのだ。

「こんばんはー」

丁度管理人室から出てきたところだったらしく、鍵を締めながら手を振ってくる。

なにもあのタイミングで声をかけなくても、見ないふりをしてくれても、と言いたかったが、穿《ほじく》り返せば余計に恥ずかしくなるに違いないので口を噤《つぐ》んだ。

「遅い時間まで、お疲れさまでーす」

「管理人さんこそ、こんな遅くまでお疲れさまです」

もう夜の九時を回っているのに、管理人がいるのは非常に珍しい。管理人は、ああ、と頷《うなず》いて頭を掻《か》いた。

「いやいや仕事で残ってたんじゃないんですよ。実は忘れ物しちゃって。慌てて取りに戻ったんです」

「……なるほど」

そんな滅多にないタイミングでどうして、と桜町は己の間の悪さに落ち込む。

桜町の動揺をよそに、彼は鍵を振りながら弥玖に顔を近づけて笑った。

「こんばんは」

再度の挨拶は、桜町ではなく、その腕の中の弥玖に向けられている。軽薄そうな外見のイメージと違い、子供が好きなのだろうか。

そう思えば笑顔も随分と人の良さそうな顔に見えてきて、面喰らった。

「可愛いですねえ、女の子」

「あ、ありがとうございます」

娘を褒められて、つい嬉しげな声を出してしまう。やはり子供が可愛いと言われると、それがお世辞であっても嬉しい。

管理人は、手を拭いてから、人差し指で弥玖の柔らかな頬《ほお》をぷにぷにとつついた。見慣れない人物に、弥玖は大きな目を見開いて見つめている。

「目もおっきくて、顔もすっごい可愛いですね。お父さんに似て、将来美人さんになりそう」

「ありがとうございます……？」

確かに、弥玖は顔の造作のほとんどが桜町に似た。子供の頃の写真と比べると、親子関係を疑うべくもなくそっくりで、だからこそ両親も心置きなく孫娘を可愛がってくれているような気もする。

娘が将来美人になると言われると悪い気はしないが、先程の言い方だとまるで桜町本人も美人であるように聞こえてしまう気がした。日本語能力に問題があるなあと、桜町は首を傾《かし》げる。

弥玖の頬をうりうりと撫でていた男が、ふと視線を上げた。ばっちりと目が合って、桜町は少々戸惑いつつ、笑みを返す。

「桜町さん、毎日、抱っこして送り迎えしてるんですか？」

「あ、そうですね」

長い時間ベビーカーに乗せていると、弥玖はむずかってぎゃん泣きしてしまうので、あまりベビーカーの出番はない。

「この子が乳児のとき、寝つきが悪かったから寝るまで抱っこをしていたんですよね。そうしたら、そのうち抱き癖がついてしまったみたいで……」

そう説明すると、管理人は「ありゃー」と笑った。

けれど今は、抱っこをしても簡単には寝てくれなくなった。今日もきっと、腕の中でずっとむずかるのだろう。想像すると今から気が重くて、桜町は抱いた娘をあやすように揺する。

管理人は優しく笑いながら、桜町の肩を労《いたわ》るように叩いた。

「わかります。子供さんちっちゃいうちは、お父さんはマジで大変ですよねえ。お疲れ様です」

「そ――」

そうですね、と返す言葉が喉に詰まる。代わりに涙が零れ落ちて、桜町は慌てて口を塞いだ。

「桜町さん……」

唐突に泣き出した桜町に、眼前の男が目を瞠《みは》っている。その大きな瞳には、自分の情けない姿がばっちり映っているだろう。

突然泣いたりして、驚かせてごめんなさい、と言いたいのに、はらはらと涙が落ちるばかりだ。

ほんの少しの躊躇《ちゅうちょ》の後、管理人の指が目元に触れた気がする。桜町は顔を隠すように慌てて頭を下げた。

「あの、お疲れ様でした。失礼します」

目を合わせないまま会釈《えしゃく》をして、桜町は急いでオートロックを開ける。

「あ、桜町さん……！」

引き留めるような声がしたけれど、桜町は聞こえなかったふりをしてエレベーターへと向かった。

一階に止まっていたエレベーターに乗り込み、居住階のボタンを押す。ドアが閉まる間際、管理人が追ってこないことに安堵《あんど》しながら、目元を拭《ぬぐ》った。そして、エレベーターの壁に背中を預け、天井を仰ぐ。

――……馬鹿じゃないのか。

泣こうと思って泣いたわけではない。気が付いたら、涙が零れていた。殆《ほとん》ど面識のない相手に、労るような言葉をかけてもらって、慰撫《いぶ》するように触れられて、気が付いたら両目の涙腺《るいせん》が壊れていたのだ。

――なにをしてるんだよ、俺は……。

ようやく落ち着き始めてきて、洟《はな》をすすりつつ溜息を吐く。

焦ったのは桜町よりも管理人のほうだろう。突然脈絡もなく泣き出した桜町に、彼は大きな目を更に見開いていた。その顔を思い出した途端に羞恥が襲ってきて、桜町は心中で身悶えする。

――引いてたな……あれは絶対に引いてた。

それでも茶化すことなく、更に慰めようとしてくれた彼を思い出して、ますます消え入りたい気持ちになる。かえってその優しさが辛い。嗚呼《ああ》、と桜町はもう一度壁に頭をぶつけた。

居住階へ到着したエレベーターを降りながら、弥玖のおしりをぽんぽんと叩いた。

――それでも、世のシングルファザーに比べれば、俺は両親にはかなり協力をしてもらっているし、恵まれているほうだ。……まだ、マシなほうだ。

腕の中を見ると、弥玖は指を咥《くわ》えて微睡《まどろ》み始めていた。

「大変、か」

鈍く痛みだした蟀谷《こめかみ》を押さえ、どこかふらつく足取りで自宅の鍵をそっと開ける。腕の中の娘の背をさすりながら、桜町はリビングへ足を向けた。

リビングは、現在の桜町家唯一の居住スペースだ。弥玖はリビングに置いたベビーベッドに寝かせているが、桜町はその隣に置いたソファで寝起きしている。

寝室は、ここ数か月着替えや掃除のときくらいにしか足を踏み入れていない。空き部屋に至ってはドアを開くことすら稀《まれ》だ。

リビングが一番隣部屋から距離があるし、なによりも最近疲弊していて寝室と生活スペースを行き来することすら億劫《おっくう》だった。

ベビーベッドへ弥玖をおろし、急いでスーツを脱ぐ。ソファの横のハンガーラックにスーツを吊《つ》るしながら、弥玖を振り返った。

今日は寝るまでぐずらずにいてくれるだろうか、と思いながらベッドへ近づく。弥玖は桜町に気づくと、「とった」と声を上げた。

「……どうした？」

「とた、とった。ない、ない」

とった、というのは、娘が言うところの「お父さん」だ。こちらに手を伸ばしながら話しかけてきた弥玖に、自然と口元が綻《ほころ》ぶ。

「ないって、なにが？」

「ない、とった、ないよー」

珍しくなにか話しかけてくれるらしいが、なにを言いたいのかはよくわからない。鸚鵡《おうむ》返しに口にしてみるが、一体なんのことかもわからないし娘からの解説も求められない。そうか、と適当な相槌《あいづち》を打つと、娘は興味を失ったようにぬいぐるみに視線を落とした。そして、再び捏ね繰り回し始める。

「弥玖、お父さんの相手はもうしてくれないのか？」

寂しくなって声をかけてみたものの、無視されてしまった。

少々がっかりしながら、弥玖の荷物をテーブルの上に載せた。通園バッグを開き、保育園からの「連絡ノート」を取り出す。

弥玖がどういう言葉をしゃべるようになったか、というところをチェックすると、「まんま」と言う言葉が目についた。

弥玖の語彙《ごい》に、「ママ」という意味の言葉は存在しないはずだ。彼女が物心つく前に、母親と呼ぶべき人物はいなくなったからだ。だから、それが「ママ」という意味ではないとわかっているのに、本当は母親を恋しがっているのではないか、と思ってしまう。

保育園に顔を出すのは当然母親が多いので、ある程度覚悟はしていたが、父親では、桜町一人では駄目なのかと思うと、気持ちが滅入るのを誤魔化せない。

『私、この子を愛せないみたいなのよね』

不意に妻の科白を思い出して、唇を噛《か》む。

彼女と自分は違う。

娘を愛しているし、今は生きがいだと言える。なにに代えても守りたい宝物だ。

それなのに、一人になりたくなるときも確かにあって、妻の言動に失望したくせに今の自分はどうなんだと情けなくなる。

両親に、管理人に言われた「大変」という言葉を打ち消すように、桜町は頭を振った。

——大変じゃない、別に。自分の娘を育ててるんだ。……大変だなんて、思っちゃいけない。


その週末、桜町は弥玖のお迎えのために、定時より一時間ほど早く退社した。

普段弥玖を迎えに行ってくれている実家の母が、どう調整しても時間通りに行けない日というのがあって、そういうときは今日のように早くあがらせてもらうことにしている。よりによって、仕事の集中しやすい金曜日に早退させてもらうのは非常に気が引けたが、背に腹は代えられない。

桜町は、職場には恵まれたほうだ。皆、桜町がシングルファザーであることに理解を示してくれている。残業は全て免除してもらっているし、時折早退することがあってもいやな顔ひとつされたことがない。

週で一番忙しい日だというのに、誰《だれ》も桜町を責めたりはしなかった。それどころか、あまり頑張《がんば》りすぎるなよと励まされてしまったくらいだ。同僚の気遣いはとても有り難く、その反面心苦しさで死にそうになることもしばしばだ。

そんなに周囲に協力してもらっているのにも拘《かか》わらず、最近ふと辛くなる瞬間がある。

――本当に、余裕がないかもしれない……。

今日は、朝から弥玖を泣かせてしまって、ひどい自己嫌悪に陥っている。

あまり食欲がなかったのか遊び食べを始めてしまって、保育園への時間も差し迫っているしと食べさせようとしたらスープを顔面めがけて投げられてしまったのだ。聞き分けのないことにイライラしていたのもあって、手をテーブルに押さえつけて叱《しか》ってしまった。

結局朝食を満足に食べないまま登園する羽目になり、先生に預けても尚、弥玖はずっと泣きわめいていたのだ。いつもなら多少名残《なごり》を惜しむのに、今日ばかりは「とった、いや！」と言われて少なくないショックを受けた。

一応経緯を話して、食事をまともにしていないことを伝えたものの、就業中もずっと腹が減ってないか、泣いていないか、と心配でそわそわしてしまった。

早く迎えに行ってあげたいとはやる気持ち抑え、桜町は保育園へと向かう。

可愛らしい動物の絵があしらってある門を通り、乳幼児の教室に足を向けた。

下足入れの前で靴を脱いでいると、前方から随分と明るい笑い声が聞こえてくる。桜町は、つられるように足元に落としていた視線を上げた。

四歳児と五歳児の教室の前に、若い格好をした男性が立っている。保父にしては砕けた格好だったので、園児の父親かもしれない。明るい髪色から察するに、若い父親なのだろう。

世の中的に育児を母親と分担する父親やシングルファザーが増えたとはいえ、この保育園で父親を見かけることはそう多くない。

男性の周囲には子供と、その母親らしき若い女性も沢山いた。そして、賑《にぎ》やかなのは子供ではなく、お母さんがたのほうだったらしい。

きゃっきゃと話す様子を横目で見ながらその脇を抜けると、その男性に呼び止められた。

「――桜町さん！」

「……はい？」

パパ友はおろか、ママ友すらいない桜町には、自分を呼び止める人物に心当たりがない。誰だろうと視線を投げると、それは先日見たばかりの顔で、桜町は目を丸くした。

「管理人さん……？」

「久保田《くぼた》です！　こんにちは！」

「あ、こ、こんにちは」

満面の笑みで挨拶をされて、桜町は慌てて頭を下げる。お母さんがたの輪からひょっこりと抜け、マンションの管理人——久保田は桜町のもとへ走ってきた。

「桜町さんは、今日はどうしたんですか？　早いですね」

にこにことしながら問われて、はあ、とぎこちない笑いを返す。

どうしたんですか、という問いは桜町こそしたいところだ。まだ学生と言っていいような容貌《ようぼう》をしているが、この場所にいるということは、子持ちなのだろうか。

——ヤンパパってやつかな……ヤンパパって古いか。

「今日は、迎えの都合がつかなかったので、私が弥玖を……」

「あ、そうなんですねー。いつもおばあちゃんですもんね」

「ええ」

邪気のない顔をされて、桜町もつい笑みを返してしまう。まともに会話をしたのは先日一度きりだったのに、随分と人懐こいタイプだなと感心してしまった。

だが芋づる式に、弥玖のために歌を歌い、あまつさえ似ていないモノマネで必殺技の名前を叫んだところを目撃され、挙句泣いてしまったことを思い出し、顔が熱くなる。さっと顔を俯《うつむ》けると、怪訝《けげん》な声が返ってきた。

「どうしたんです?」

「いえ、あの……娘を迎えに来たので失礼します」

逃げるようにその場を離れる。背後から「桜町さん!」と名前を呼ばれた。

「弥玖ちゃん、パパを待ってますよ」

「え? あ、はあ」

振り返り、どうも、と会釈をして、桜町は踵《きびす》を返す。

自分の苗字《みょうじ》はともかく、何故彼が弥玖の名前まで知っているのか。

そういえば、生まれたときに管理人室に届けを出したかもしれないと思い至る。その頃は、事務的なものの一切を元妻に任せていたので記憶ははっきりしない。

元妻のことを思い出して落ち込みかけたが、小さく頭を振って、桜町は娘の待つ教室へ足を踏み入れた。

保育士と何事か話し合っている様子の弥玖が、桜町に気づいて顔を上げる。

大きな黒目がちの瞳でじっと見つめてくる弥玖に、桜町は苦笑しながら手を振った。こちらに手を伸ばし、桜町を呼んだようだった。朝よりは機嫌が直っているらしいのでほっとする。

保育士も桜町を振り返り、弥玖を抱き上げた。

「弥玖ちゃん、パパのお迎えだよー。よかったねぇー」

「お世話になってます」

桜町は保育士の腕から娘を受け取った。弥玖は朝のことなど忘れたのか、いつも通り胸にしがみついてくる。

嫌がられたらどうしようと内心戦々恐々としていたのでほっとした。ごめんね、と心の中で謝りながら、そっと娘の背を抱き返す。

「今日もいい子にしてましたよ、弥玖ちゃん」

ふと声を掛けられて、桜町ははっとして「そうなんですか」と表情を取り繕う。

ばいばい、と弥玖に手を振って笑う保育士に会釈をして、桜町は教室を出た。

抱っこひもで弥玖を抱き、下足入れに向かうと、久保田がまだ先程と同じ場所で同じくらい若い母親たちと楽しげに会話をしている。

——……俺には真似《まね》できないな……。

弥玖のためには父兄と仲良くしておいたほうがいいとは思うのだが、迎えに来る頻度も多くなければ、性格的に自分から母親たちの輪に入っていくことも出来ない桜町にはハードルが高い。複数の母親たちに囲まれて談笑する久保田に、素直に感心した。

若い母親たちと会話をしたいのか、足止めされているのかはわからないが、子供を迎えに行かなくていいのだろうか。それとも、妻の付き添いなのか。

自分には関係ないけど、と思いつつ歩いていると、足元になにかが勢いよくぶつかってきた。

「うわっ」

バランスを崩しかけ、桜町は慌てて弥玖を抱く腕に力を籠《こ》めた。

視線を落とすと、小さな男の子が大きな目で桜町を見上げている。やんちゃそうな雰囲気だが、子役モデルのような随分と可愛らしい子だ。

「ごめんね、大丈夫？」

子供の多いところに来ることがあまりないせいか、足元に注意を払うのを忘れていた。怪我《けが》なんてさせたら大問題だと冷や汗が滲《にじ》む。少年はきらきらした大きな目を瞬き、腰を折るようにして桜町に頭を下げた。

「ごめんなさいっ」

「あ、いいえ。こちらこそ」

つられて頭を下げると、少年はにっと笑って再び走り出した。そうして、若い母親たちと楽しげに話している久保田の元へと突進していく。

「父ちゃーん！」

「おー、爽矢《そうや》！　お疲れー！」

ぴょんと飛び跳ねて抱きついた少年を受け止め、久保田が破顔した。

——お父さん？　あんなに大きい子の？

その見た目から、自分と同じく乳児持ちかと勝手に思い込んでいた。一体いくつのときの子なのだろう、と少々下世話なことを考えつつ桜町はまじまじと二人を見つめる。

「爽矢、お前靴履き替えてこい」

「らじゃー！」

そう言うなり、久保田は腕の中の息子をぽいっと廊下に投げる。

――うわっ……。

他人事ながら驚いて、桜町は弥玖を抱く腕に思わず力を籠めた。

桜町の心配をよそに、爽矢と呼ばれた少年はそういった扱いになれているのかきちんと廊下に着地し、下足入れのほうへと走っていく。

久保田は周囲を囲んでいたママさんたちに「息子が来たので」と爽《さわ》やかな笑顔を返して離脱した。

そしてなぜか桜町の前に寄ってきて、顔を覗《のぞ》き込んでくる。急に間近になった顔に、桜町は咄嗟《とっさ》に身を引いてしまった。

「桜町さん、一緒に帰りませんか？」

「……は？」

なんで、と訊くより先に、爽矢が「父ちゃん！」と叫びながら戻ってきた。足にしがみついた爽矢をそのままに、久保田は歩き出す。

「じゃ、行きましょうか」

「え、あ、はあ……」

なんとなく断るタイミングを逸して、桜町と久保田は並んで外へと向かう。

途中、なんだか若い母親たちの視線が刺さる気がして、出来る限り愛想よく会釈をしながら保育園を出た。


「俺たち、帰る方向一緒なんですよ」

そう言って久保田の口にした住所は、保育園と桜町の自宅マンションの丁度中間に位置していた。

「職場と自宅が近いといいですね」

「そうでしょー。お迎えも早く行けるし」

爽矢は父親の足から離れ、前方を行きながら楽しげに童謡を歌っている。弥玖もその少し調子はずれの歌に合わせて、あうあうと声を発していた。このまま夜までご機嫌だといいが、と思いながら娘の頬を指で撫でる。

不意に視線を感じて顔を上げると、久保田がじっとこちらを見ていた。目が合うなり、彼はまた微笑《ほほえ》みかけてくる。

久保田には以前泣いた場面を見られてしまったのだ。一体どうしたんですかと涙の理由を訊かれるのも困るが、年下の男に優しい顔をして見守られるのも非常にいたたまれない。

そわそわしながら、やがて久保田の優しいまなざしに耐えられなくなって、桜町は口を開いた。

「あの、管理人さんは」

「久保田です。久保田一生《いっせい》」

「……久保田さん、は、うちの子のことご存知だったんですか？」

出産の際に届けを出したかもしれないが、桜町は弥玖と一緒にいるときに、久保田に会ったことは一度もない。

「だって俺、日中よく弥玖ちゃん連れた奥さんと会いましたもん」

「美智子と……？」

つい名前を出してしまった桜町に、久保田は特に指摘しないまま、はい、と首肯する。

「お二人がご夫婦なのは知ってましたし、まだ弥玖ちゃんが生まれたばっかりの頃とか、結構挨拶してたんですよ。そのときに保育園一緒ですねーって話になって」

「そう、だったんですか……」

自分が顔を合わせていないだけだったようだ。それに、なにも知らなかった。

元妻からもそんな話は聞いたことがない。そういえば、弥玖が出来てから彼女とどれだけ会話をしただろうかと顧みて、息を吐く。

——てことは、美智子がもう一緒に住んでないってのも、この人は知ってるのか……。

そういえば、管理会社に同居人が減ったということを申告していなかったな、と今更なことに気が付いた。

「あの」

「はい？」

「お恥ずかしい話ですが、妻とは離婚しまして。まだ管理会社のほうへ連絡していなかったなって……」

「あー。増えるときは別ですが、減ったときはそれほど気にしないんですよ。案外」

「そ、そういうものですか」

ならばいちいち恥を晒《さら》す必要などなかった、と桜町は赤面する。余計なことを言ってしまった。

「それに、奥さんが一応一声かけてってくれましたよ」

「ああ……そうですか……」

なにも知らないのだと再度つきつけられたようで、桜町は深々と嘆息する。頭痛を覚えて眉間《みけん》を揉むと、弥玖が呼んだ。

「……とったー……」

「なんだ、弥玖」

先程まで、爽矢の歌に合わせてご機嫌な風だった弥玖が、急に眉を顰《ひそ》める。

宥《なだ》めるように背中を撫でてみるが、じたばたと四肢を動かして不満を露わにした。

「泣くな、もう少しでおうちにつくからな」

本音を言ってしまえば、家に着いても泣いて欲しくはない。けれど、そんなことを口にするわけにもいかずに、桜町は弥玖の体を揺する。

「いーやっ」

弥玖は歯を食いしばって桜町の胸を叩いた。

「いい子だから。もうちょっとで、おうちに着くからな……」

自然と尻すぼみになる語尾が、自分でもわかりやすいくらいに弱くなる。

弥玖はちらと桜町を見上げ、「うー」と威嚇《いかく》するように唸《うな》った。一体なにが気に食わないのかわからずに眉を寄せると、いつのまにか立ち止まっていた爽矢がじっと桜町を見上げていた。

久保田そっくりの顔をした幼児は、怪訝そうな顔をして首を捻《ひね》る。どうかしたのだろうかと声をかけるより先に、爽矢が口を開いた。

「なんで弥玖ちゃんのおじさん、怒ってるの？」

「え……？」

思わぬことを言われて、桜町は瞠目《どうもく》する。爽矢はどこか不安げに、桜町と弥玖を見比べた。

「弥玖ちゃんのこと、怒る？」

「どうして？　怒らないよ？」

「……ならいいけどさ」

そう言いながらも爽矢はどこか疑わしげで、思わずたじろいでしまう。戸惑いながら笑いかけると、爽矢はくるりと背を向けた。

再び歌い出した爽矢の後をゆっくりと追いながら、久保田がぽつりと呟《つぶや》く。

「すいませんね。ちょっと口が過ぎて」

「いえ……でも今の爽矢くんの言葉、はっとしました」

己が娘を見るときにどんな顔をしているかなど、意識していなかった。

弥玖に対して怒りをぶつけようと思ったことはない。

爽矢はまだ小さく、語彙が豊富ではないから「怒る」と表現したが、幼児が不安になるほど険しい表情をしていたことは間違えようもなくて唇を引き結ぶ。

顔を顰《しか》める弥玖を見ると、自分がそうさせているのかと思ってなんだか泣きたくなった。

――まずい。なんか弱ってるな。

唇を引き結んで娘を抱きしめると、不意に額を触られる。

熱をはかるように当てられた掌に、桜町は戸惑って目を見開いた。

「あの……?」

「泣きそうな子には、いいこいいこ」

「えーと……なるほど?」

つまり、弥玖が泣きそうだったので、頭を撫でてやればいいよ、という実地のアドバイスだったのだろうか。

本来なら不躾《ぶしつけ》だと思うところだが、存外その接触が不快でもなくて戸惑う。大きな掌に触れられると、なんだかほっとする感じだ。だからこそ、彼に初めて触れられたとき、泣いてしまったのかもしれない。

そして他人に、それも同性で年下の彼に触れられてそんな風に思う自分が、恥ずかしくなった。

「く、久保田さん……」

「はい？」

「あの、ちょっと恥ずかしい……んですけど」

身の置きどころがなくて、桜町は消え入りそうな声で訴える。自分の頬が熱くなっているのがわかった。

久保田はきょとんと目を丸くして、ばっと両手を上げる。

「す、すいません」

「いえ……こ、こちらこそ」

心地よく思ってしまったことは確かだが、流石に体裁が悪い。どうしたものかわからなくなって、桜町は顔を俯けた。

——ていうか、俺じゃなくて弥玖のほうを撫でてくれていいのに。

そう思いながら、桜町は自分がされたのと同じように娘の頭を撫でた。弥玖は目を丸くして、父親を見つめる。

ちら、と横目で久保田を見れば、彼はじっと桜町のほうを見ていた。

桜町は「いい子、いい子、ですよね?」と娘の頭を撫でながら、久保田に笑いかける。

久保田は一瞬目を瞠り、口元に手を当てて咳《せき》払いをした。

「かっ……」

「『かっ』?」

顔を背けてごほごほ言いながら、久保田は一息吐く。そして、頭を掻いて桜町に視線を向けた。

「いやー……可愛いなと思って。うん」

「ありがとうございます。よかったね弥玖、可愛いって」

娘を褒められるのは素直に嬉しくて笑う。久保田はしみじみとした口調で「……本当に可愛い」ともう一度言ってくれた。

「でね、桜町さん。それ」

「はい? どれ?」

「一人だと辛いこともあるし疲れてるよね。でも桜町さん、もうちょい笑ってあげたほうがいいよ」

唐突なアドバイスに、桜町は目を瞠る。

「でも笑うって、突然言われても……楽しいこともないのにどうすればいいのか」

「でも桜町さん、今笑ってるよ。笑うの、結構大事ですよ」

親の感情は子供に伝染すると、育児書でも読んだことがある。けれど、作り笑いに効果などあるのだろうか。そんな疑問が顔に出たのか、久保田は自分の唇の端に人差し指を当てて、笑みを作った。

「赤ちゃんのためもそうだけど、自分のためにもいいんだって。どんなに苦しくて悲しくても、顔が笑ってると、体が『あれ？　今俺楽しいのかな？』ってなるんだって」

「へえ……」

「だから、嘘《うそ》でもいいから笑えば、それが本当になる」

そう言われても、と思いながら弥玖を見下ろす。笑いかけようとして、唇がぎこちなく引きつった。

意識して笑うのは難しい。けれどそうしてみて、自分は今までどれだけ娘に対して笑ってあげていただろう、と不安になった。

「……とーた？」

ころりと鈴の転がるような声で、弥玖が呼んでくれる。

うん、と笑いかけると、弥玖はじっとこちらを見つめてきた。笑ってはくれないけれど、少なくとも機嫌が悪そうではない。

ほっとして久保田を見ると、指でOKを作ってくれる。

「おっけー。可愛いです」

「よかった。弥玖、可愛いって」

ぽんと背中を撫でてやると、弥玖は手をぱたつかせながら「あー」と笑った。

笑った、と思わず久保田を見ると、久保田はにこにことしながら頷く。

「うん。弥玖ちゃんもだけど、二人とも可愛いっす」

「——は？」

——二人って？

誰と誰のことだ？　と疑問を呈する間もなく前方の爽矢が突然立ち止まったことで、質問するタイミングが宙に浮く。

爽矢が門の前で大声を張り上げると、ややあって家の中から小学生くらいの男の子が飛び出してきた。

「——たっだいまー！」

「爽矢うるさい！　近所迷惑だよ！　おかえり、お父さん」

「おう、ただいま皓也《こうや》」

爽矢でも驚いたのに、更に上に子供がいるのだとは思いもよらなかった。

若く見えるだけで、本当は自分とあまり変わらないくらいなのだろうか、と桜町は久保田親子を眺める。

年長者らしく振る舞う男の子もまた、久保田と顔がそっくりだ。父親や弟と比べて、少々大人《おとな》しそうではあるが。

皓也と呼ばれたその少年は、父の背後にいた桜町の存在に気づくと、はっとして居住まいを直した。こんばんは、と声をかけると無言のままぺこりと頭を下げる。見知らぬ大人

に緊張している様子がありありとわかり、桜町は苦笑した。

　桜町も子供の頃は人見知りだったので、なんとなく彼の気持ちがわかってしまう。

「皓也くんていうの？　いくつ？」

「……八歳です」

　皓也は先程弟を叱った子とは思えないほど、控えめな声で教えてくれる。

「あの……失礼ですけど久保田さんて、おいくつなんですか？」

「俺ですか？　俺、落ち着きないからもっと若く見られるんすけど、実はもう二十七でーす」

　問われ慣れている様子で年齢を教えてくれた久保田に、桜町は目を瞬《しばた》かせる。

「……まだ二十七？」

「正真正銘、実の子ですよー。一匹目は十九んときの子でーす」

　そう言いながら、久保田はぐりぐりと息子の頭を撫でる。皓也は一匹、と言われたことが気に食わないらしく、僕は動物じゃない、と反論していた。

　彼の立ち居振る舞いからは、確かにもう少し若く見える。けれど二十七歳なら八歳の息子がいてもなんらおかしくはない。

「桜町さんは、三十ちょいでしたっけ？」

　何故それを、と思ったが、入居のときに生年月日などのデータは渡されているのだと思い至って、首肯する。

「はい。三十四です」

それほど高齢というわけでもないし、定年前には弥玖は大学を卒業できる年齢でもある。当時の妻がそれを受け入れるはずはなかったけれど、こうして実際に自分よりずっと若い父親を見ると、やはりもう少し早めに作っておけばよかったかとも思うのだ。まだ体力も十分あるつもりだ。けれど、久保田ほど若ければもう少し頑張れるのだろうか、お前も若いパパのほうがよかったか、と娘の背を撫でる。

そんな桜町を、久保田がにこにこしながら眺めていた。

「……あの、なにか」

そんな久保田を訝《いぶか》ると、彼は首を振る。

「や、可愛い三十四歳だなぁと思って」

「か、かわ……⁉」

あまりに馴染《なじ》みのない形容に、桜町はぎょっとする。しかも、自分と十歳以上離れていそうな外見の男に言われるとは思わなかった。けれどすぐに情けない姿を晒してきた結果だと思い至って、眉根を寄せる。

「……久保田さんには、とても三十四の男がしそうにない情けない姿をお見せしていますもんね」

「え、いや、そういう意味じゃないですよ！　綺麗《きれい》な顔だから」

「綺麗？　……揶揄《からか》ってるんですか？」

「いえいえいえいえ！　そんなこと！」

そういう茶化し方は好きじゃないと睨《にら》むと、久保田はおろおろとして頭を振った。あまりに動揺した様子に、本当に馬鹿にする意図はないのだと知って拍子抜けする。

久保田は桜町の顔を見て、ほっと息を吐いた。

「なんか俺、いじめっ子の気分」

久保田の冗談に反応したのは、桜町ではなく皓也だった。

どこかへ走っていってしまいそうな弟をしっかりと押さえながら、皓也はじっとりと父親を睨み上げている。

「お父さん、いじめはいけないことだよって、先生が言ってたよ」

「いじめてねえよ。そういう気分なだけだ、気分気分」

どういう意味だろうと、皓也と一緒になって桜町も疑問符を浮かべる。

「悪い意味じゃないんですよ。すいません、俺も結構空気読めないとこあってですね」

そう言いながら、久保田はゆるく笑って、また桜町の頭を撫でてきた。

またた、と思いながら年下の男を見上げる。こんなことをアラサーの男同士でやるのはどうなのかと思うのに、それを振り払う気があまり起きない。指の感触を感じながら見返すと、久保田は手を引っ込めた。

「あー、ごめんなさい。年上の人に」

問題は相手が年嵩《としかさ》であるかどうかも勿論だが、特別親しくもない大人の男の頭を撫でようということではないのだろうか。

——……パーソナルスペースが根本的に違うのかもしれない。

世代も違えば常識が違うのは、ある程度はしょうがないのだろうか。

ゆるっと謝られて気が抜けてしまう。振り払おうという気にもならなかった自分も大概どうかしていた。

「あの、子育ては俺のほうが先輩なんで、なんかあったらお気軽に言ってください」

「え？」

「愚痴でもなんでも、いつでもいいですから。って言っても俺は割とテキトーにやっちゃったんで参考にはならないかもしんないすけどね」

彼の家を見る限り、親と同居しているようだ。

妻がいて、両親がいる彼と自分では、少々悩みも違うように思える。桜町も十二分に実家の援助を受けてはいるが、完全に同じ環境とは言い難い。

けれど、同じ「幼い子供を持つ父親」と話す機会が出来たのはありがたい。

桜町は目を細め、こちらこそ、と頭を下げた。

「……お恥ずかしいんですけど、子供つながりの友人っていなくて。そう言っていただけると、心強いです」

普段なら自分の交流関係には入らない類《たぐい》の人物と知り合うのは、親同士の付き合いの特徴だな、とぼんやりと思った。

桜町が言うと、久保田が真顔でこちらを凝視してくる。友人と言ったのに、言葉が硬すぎただろうか。

「あの……」

「か……かわ……」

「川?」

「──ねえ、お父さん。ごはん」

傍《そば》で大人しく待っていた皓也が、久保田のシャツの裾《すそ》を引く。ふと見ると、爽矢のほうがとっくに限界だったらしく、兄の腕にぶら下がるようにしがみついて遊んでいた。

「夕飯の時間に、長々とすみません。失礼します」

ごめんね、と謝ると、皓也はぱっと父親の後ろに隠れてしまった。やはり父親に似ず、人見知りが激しい子らしい。

もじもじとしている皓也の頭を、久保田がぽんと叩いた。

「皓也、この人、弥玖ちゃんのパパだぞ」

「弥玖ちゃんの?」

父親の科白に、皓也は恐る恐る近づいて桜町の手元を覗き込んだ。

「ほんとだ。弥玖ちゃん」

「……どうしてうちの子知ってるの?」

小学生の皓也と弥玖に接点などないはずだ。

それとも、今日は久保田がお迎えに行っていたようだったが、もしかしたら皓也が来ることもあるのかもしれない。

そう思いながら問うと、皓也は意外な言葉を口にした。

「だって、爽矢がよく欲しい欲しいって言ってるから」

「……はい？」

なにを、と返すより先に、兄の腕にしがみついていた爽矢がぴょこんと飛び跳ねながら手を挙げた。

「あのね、俺ね、みくちゃんほしい！　おじさん、みくちゃんちょーだい！」

「……えーっと……」

欲しいと言われて、はいどうぞと簡単にやれるものではない。

きらきらとした目で見つめてくる爽矢に気圧《けお》され、桜町は弥玖を抱きしめる。

返事のないことに焦《じ》れたのか、爽矢は久保田の腕を引いた。

「ねえ父ちゃん、俺みくちゃんほしい！　大事にするからー！」

「そういうのはパパさんに言わないと駄目だ」

言われても駄目だと言いかけて、子供相手になにを本気になっているのかと桜町は口を噤む。

「じゃあ父ちゃんが言ってー！」

ほしいほしいと言われて、久保田は頭を掻きながらこちらを見やる。

「ですって。くれます？」

「あげませんよ、嫁には」

反射的に答えると、久保田は目を丸くして吹き出した。

「嫁にはまだ早いでしょー。赤ちゃんをおもちゃみたいに思ってるとか、せめて妹ですよ、うちのガキが言ってんのは」

「あ、それはそう、ですよね」

勘違いに頬を染めていると、爽矢はきょとんとした顔して首を傾げた。

「妹じゃないよ、みくちゃんは俺のおよめさんにするのー、ちゅーするのー！」

幼児の発言に、桜町と久保田は顔を合わせる。

距離的に爽矢の唇が届く距離ではなかったが、桜町はそっと弥玖におしゃぶりを咥えさせた。

「って、うちのガキが言ってますけどどうします？」

「……だから駄目って言ってるでしょう」

キスしたいのか嫁にしたいのか、比重がどちらかでもだいぶ違う。もっとも、どちらも許すつもりはない。娘が誰か他の男にとられるなどと、想像するだけで拒否反応が出た。

久保田は笑って、今度は弥玖の頬を撫でた。

「息子もどうしようかってくらい可愛いですけど、娘は父親にとっては特別って言いますもんね」

「……一人しかいないからわかりませんけど。そうですね」

「ねー、おじさん、みくちゃんちょーだい」

結論は出ていたが伝わっていなかったらしく、足元をうろうろしていた爽矢が、たまりかねたように手を伸ばす。

「あ、えっと。ごめんね？　ちょっとあげられないな」

「えー！」

「無理に決まってるだろ、ばか爽矢」

不満げな声を上げる爽矢を、兄の皓也が窘《たしな》める。ばかと言われたのに腹が立ったのか、爽矢は唇を尖《とが》らせ、傍らの兄に拳《こぶし》を振るった。

大人しげな顔をしている皓也も兄弟喧嘩《げんか》となると別らしく、弟の頭を鋭く叩く。なんか殴り合いの喧嘩に発展しそうでおろおろとしていると、久保田が間に割って入った。

「喧嘩したらー、お前ら今日の夕ご飯はぬきー」

ちっとも怒った風ではない優しい声だったが、久保田兄弟はぴたりと喧嘩をやめる。もしかしたら本当に抜かれたことがあるのかもしれない、とその様子を見て思った。

すっかりと大人しくなった爽矢に向き合い、久保田が目線を合わせるようにしゃがみ込む。

「父ちゃんと、弥玖ちゃんパパの会議の結果、弥玖ちゃんは爽矢のお嫁さんにはならねーことになった。諦《あきら》めろ」

る。

「ばか爽矢。にっぽんの法律では、十八歳にならないと結婚できないんだよーだ」

またばかって言った！　と爽矢が知識を披露した皓也に歯を剥く。

随分と難しいことを知っているものだと感心しつつ、そもそも結婚可能年齢になったからといって簡単に許すつもりはないが、とこっそりと大人気なく心の中でお断り申し上げる。

「なんでー!?」

爽矢はじっと考え込み、じゃあ、と口を開いた。

「だったら妹でもいーよ。ちょーだい！」

彼からの代替案に、桜町は苦笑する。ごめんねと断ると、爽矢はまったく理解出来ない、というように眉を顰めた。

「妹でもいいってばー！　みくちゃんほしいー！」

駄々を捏ね続ける爽矢の肩を、久保田ががっしりと掴《つか》む。

「爽矢、それは父ちゃんと弥玖ちゃんパパが結婚しないと無理だ」

真剣な声音で子供になにを言うかと思えばトンチキな回答で、思わずこけそうになる。

父からの言葉を噛み砕き、爽矢はきりっと父親を見返した。

「じゃあ結婚して！」

そりゃそうなる、と苦笑していると、久保田がちらりと視線を上げた。

「ですって。じゃあ結婚しちゃいます？」

「は⁉　え⁉」

久保田は腰を上げ、桜町に向き直る。

「俺、桜町さんみたいな年上のちょっと幸薄そうな美人タイプ大好きですし。でも素直で笑顔が可愛いとか最高なんですけど、どうですか？」

「いや、え？　あの？」

薄幸美人という形容が己に相応《ふさわ》しいとは思わなかったが、本当に口説くような声音で言われて、桜町は本気でないことはわかっているものの無様に狼狽《うろた》えてしまった。

真に受けたように動揺することで相手が逆に引いてしまうのでは、と思うのに、あわあわとするばかりで言葉が出てこない。

久保田はふっと笑って、桜町の手を取った。

「可愛いですね」

「……またそうやって揶揄う」

「俺は本気です」

わざとらしくきりりとした表情が既に冗談の様相を呈していて、桜町はつい笑ってしまう。

けれど、久保田の親指に手首を擦られて、それが官能的な動きに見えて目が回った。

その気はない、と心中で繰り返すも、結婚するまで恋愛沙汰《ざた》にあまり縁のなかった桜町は激しく動揺してしまう。

けれど息子の爽矢は父の軽いノリが気に入らなかったのか、駄目だと檄《げき》を飛ばした。

「父ちゃん！　もっとちゃんと！」

「ちゃんと？　よしわかった」

「いや、わかったじゃなくて」

手を離し、きりっと視線を定めて久保田が桜町に向き直る。

「初めて会ったときから決めてました。――お願いします！」

勢いよく腰を折る久保田に、ノリのいい人だなあ、と思いながらも、桜町も乗っかって頭を下げた。

「ごめんなさい」

久保田は身を起こし、肩を竦《すく》めて爽矢を見やる。

「あちゃー。父ちゃん振られちゃったわー。ごめんな爽矢ー！」

「なんだよ、しっかりしろよ父ちゃん！　だっせー！」

ここでOKが出ていれば弥玖ちゃんと暮らせたのに、と詰《なじ》られる久保田を見ながら、うまいこと話を逸らしたなあと感心する。息子に「振られた父ちゃん」扱いをされてしまうのは申し訳なかったが。

男同士で結婚できたっけ、と混乱している皓也も微笑ましく、元気のいい久保田親子に桜町はふっと笑った。

「よーし、話もまとまったところで、お前ら先に戻ってめしの準備してこい！」

「らじゃー！」

声を揃えて敬礼を返し、小さな兄弟はばたばたと家の中へと戻っていく。

その背を見送って、久保田が振り返る。

「すんません、なんか長いことアホなやりとりに付き合わせて引き留めちゃって」

「とんでもない。こちらこそ夕飯前にすみませんでした」

頭を下げると、久保田はいえいえと首を振り、人差し指を己の唇の端に当てた。

「桜町さん、さっきの話に戻りますけど」

「えっ」

また告白の続きかと身構える。久保田は自分の口角にちょんと人差し指をあてた。

「笑うといいですよ」

続いた言葉にそっちのほうかと安堵する。

「顔って、ほっとくと表情作れなくなっちゃうから、無理ならこうしてぐいっと口持ち上げて」

口角に当てた指を押し上げて、久保田は笑顔の実演をする。

本来そんなことをせずとも作れるはずの満面の笑みを向けられて、桜町も自然と笑いが零れた。

「子供が泣くと、親もつられて悲しくなっちゃうけど、笑ってあげて。親が悲しい顔してると、赤ん坊も悲しくなっちゃうってさ」

最初は辛いかもしんないけど頑張って、と応援されて、桜町は首肯する。

「それに、笑ったほうが素敵ですよ」

「は……」

再び揶揄う科白が飛び出してきて、桜町は固まる。

同性相手に言う言葉ではなかったが、己であれば異性相手に言うのも若干難しい。となると、これは世代の差か性格の差かわからないが、彼の素なのか。

——あ、さっきの続きか。

結婚してくださいのくだりを思い出して、桜町は吹き出す。先程はつい動揺してしまったが、慣れると彼の挙動に笑える余裕が出た。

久保田はガリガリと頭を掻いて、苦笑する。

「本気なのにー」

「はいはい、不倫はいけませんよ」

皓也ではないが、男同士はもとより、重婚はよろしくない。

こんな明るい家庭なのだから、久保田の妻もさぞ明るい人なのだろうと思う。

桜町の科白に、久保田は一歩距離を詰めてきた。

「いやいや！　実はですね、妻とは爽矢が出来たときに離婚しまして」

「え……」

己も独り身だというのに、不用意なことを訊いてしまったと唇を引き結ぶ。

「いやいやそんな深刻にならないでください！　間抜けな話ですけど俺ね、捨てられちゃったんすよー。あはは」

「ええ？」

久保田は深刻にならないでくださいと言ったその口で、意外とディープな離婚理由を口にした。

当初は親子四人で暮らしていたそうだが、離婚を機に久保田は二人の息子を連れて実家に戻ったらしい。

けれど、何故そんな別れ方をしたのだろうか。

興味があったが、理由を聞くような不躾な真似も出来ずに視線を逸らせば、家のほうから爽矢の呼ぶ声がした。

「あ、すみません。ではこれで」

「いえ、こっちがですよー。弥玖ちゃん、ばいばい」

腕の中の弥玖と、桜町に手を振って、久保田が家の中へと戻っていく。

その背中を見届けて、桜町は再び歩き始めた。

帰り道をゆっくりと行きながら、弥玖の顔を覗き込む。

「……なんかすごい話聞いちゃったな、弥玖」

捨てられた、と笑う男を思い出して言うと、弥玖は丸い黒目がちの瞳を桜町へ向けた。

自分たちも、捨てられたと言っていいのかもしれない。けれどあれほど明るく笑う男がいると思うと、少しだけ気楽になれるような気もした。

「笑顔だって、弥玖」

「てー?」

ぎし、と音がしそうなくらいぎこちなく、娘に笑いかけてみる。やっぱりうまくいかないなと思いながら、ふと先程までのプロポーズまがいのことをされたのを思い出して吹いてしまった。

くっくと笑っていると、弥玖もつられるように笑い返してくれる。

いつもよりは機嫌のよさを見せてくれた弥玖だったが、その日の夜も通常通りいやいやとぐずった。

久保田にもらったアドバイス通りに、とにかく笑顔、と念じながら表情を作って、弥玖を根気よくあやす。

弥玖に特に変わった様子は見られなかった。いつもより少しだけ変わったのは、寧ろ桜町のほうだったような気がする。

娘がぐずっている間、いつもイライラしたりふさぎ込んだりしていた心が、少しだけ緩和されたように思えるのだ。

笑っているせいか、それとも笑ってと言った久保田の言葉に励まされたのか。

どちらかは判然としなかったが、久保田のおかげであることは間違いなかった。

桜町の休日は、いつもスケジュールが決まっている。土曜日は午前中に買い物を済ませ、午後から日曜日にかけては家の中で一日弥玖と過ごすのだ。

平日は両親に面倒をかけているので、休日くらいは頼らないと決めている。両親への負担を考えているのも勿論だが、これ以上実家に寄りかかっていると、そのうち弥玖が父親に懐いてくれなくなるのではないかという危惧《きぐ》があったからだ。

梅雨《つゆ》入りし、このところずっと雨が続いていたが、久しぶりに日曜日と晴れの日が重なった。昨日は雨で買い込めなかったので、ちょっとの買い出しがてら散歩でもしようかと、弥玖のお気に入りの帽子を用意する。

「弥玖、お出かけしよっか」

「うー？」

抱っこひもではなく、ベビーカーを出す。弥玖はあまりベビーカーが好きではないのだが、実母がそろそろ抱っこが辛いと言っていたので、徐々に慣れさせたい。泣き出さないでくれよとひやひやしながら娘を乗せると、今日は特にむずからなかったので安堵した。

「よーし出発だ」

外出の準備を整えて、外へ出る。休日だからいないとわかっているのに、エントランスを出るときに管理人室にちらりと目をやってしまった。

久保田とは、その後何度か顔を合わせる機会があった。

朝に保育園で会うこともあったし、帰宅時に久保田親子とすれ違ったり、まだ管理人室にいた彼が桜町を出迎えてくれたりすることもある。

今までは殆ど会うこともなかったので少々不思議に思ったが、それはタイミングの問題だったのだろう。

顔を合わせた際はシングルファザーという共通点があるからか、世間話などをしている。だが、特段仲がいいわけでもない。

――ママ友とかパパ友、やっぱり必要だよな……。

ベビーカーを押しながら、桜町は溜息を吐く。先日のやりとりを思い返すと、身内の子育て経験者の言うこととは、桜町自身の受け取り方も変わるようだ。親近感や共感を覚えられるかどうかということなのだろうか。

久保田が友達だったら、と思うこともあったが、今更過ぎて言い出せない。

――他に作るとして……でもどうやって作るんだ?

何時頃からいるのか、既に数人の女性の姿の見える公園の前を通り過ぎる。公園デビューはハードルが高過ぎて出来そうにない。そもそも父親の姿はあまり見かけないし、若い母親たちの輪の中に入っていくのも非常に難しい。

きっと若くて見栄えのいい久保田であれば出来るのだろうが、自分には無理そうだ。

まだ公園で遊ぶ年齢でもないから、と誰に聞かせるわけでもない言い訳をして、スーパーに向かって川べりのほうへとベビーカーを押した。

河川敷では少年サッカーチームが試合をしているようだ。他にも犬の散歩やランニングをしている人たちの姿がぽつぽつと見える。

今日は風もあたたかく、春らしい陽気だ。土や草木の匂いがして気持ちがいい。

「弥玖、ちょっと遊ぼうか」

「うー？」

なんでもかんでも口の中に入れてしまうので注意は必要だが、それなりに歩けるようになっているし、芝の上で遊ばせてもいいかもしれない。

着替えは持ってきたので、ある程度汚れても大丈夫だ。

「花が咲いてそうなところにでも行くか……」

早めにしないと、ベビーカーを嫌がってぐずりはじめてしまうかもしれない。

思案しながらベビーカーを押していると、不意に前方から見慣れた親子の姿を見つけて足を止めた。

あちら側も気づいたらしく、少年二人がばたばたと走ってきた。

「みくちゃんのおじさん、こんにちはっ」

「こんにちは、皓也くん、爽矢くん」

「みくちゃん、こんにちはー！」

爽矢と皓也が揃っていないいないばーをすると、珍しく弥玖が笑い声を上げた。反応が返ってくると二人もその気になるらしく、競うように弥玖をあやしてくれる。二人に少々出遅れて近づいてきた久保田は、彼の息子たち同様、輝くような笑顔を振りまいた。その眩《まぶ》しさに、つられて桜町も笑ってしまう。

「桜町さん、偶然ですね！　すいません、騒がしくしちゃって」

「とんでもない。弥玖も二人に構ってもらって喜んでるし、とってもありがたいです」

ご機嫌な様子の弥玖を見ながら頭を下げる。久保田はいやいや、と言いながら何故か手を握ってきた。

桜町は同性に対しても、あまりボディタッチをするほうではないので、多少面食らう。けれど、不快ではないので振り払いはしなかった。

「最近よく会いますね……これって運命ですね！」

「え？　ええと……そうかもしれないですね」

「はい！」

テンション高く返事をする久保田に、桜町はぷっと吹き出す。

彼の言うことは大袈裟《げさ》だが、好意的な態度を見せられるとやはり悪い気はしない。

不意に、久保田の背後に男が立っていることに気づいた。通りすがりの人かと思っていたが、立ち止まってこちらを見ている。

知り合いなのだろうかと視線を向けると、男と目が合った。

桜町と同じくらいの体格で、年齢は久保田と同じくらいに見えた。久保田とはタイプが違うが彼もやけに整った顔立ちをしていて、ちょっと見惚《みと》れるほどだ。

どう声をかけたものかと逡巡《しゅんじゅん》していると、男が口を開いた。

「……ふうん。あなたが桜町さん？」

そう言って、男はどこか値踏みするような視線を桜町に注いだ。不躾なほどにじろじろと見られ、流石に桜町も眉を顰める。

「あの」

「ああ、すいません」

こちらがなにか言う前に、男はぱっと笑顔を作って謝罪した。

「お噂はかねがね」

「噂って……」

「おい、漆原《うるしばら》。いらんこと言うな」

久保田は渋い顔をして、男の後頭部を叩く。男は笑いながらはいはいと肩を竦めた。

「一生。じゃあ俺帰るから」

声をかけられた久保田は、触れてきたときと同じ唐突さで手を離した。

「……おう。また連絡するわ」

短いやりとりのあと、男はにっこりと桜町に笑いかけた。はっとして、慌てて頭を下げる。顔を上げたら漆原が顔を近づけていて、至近距離にある綺麗な顔に同性だというのにどぎまぎとしてしまった。

「桜町さん、またね」

男はどこか含みのある声音で言い、美しいが人を食ったような笑みを浮かべる。

それから彼はベビーカーへ視線を移し、弥玖に小さく手を振った。弥玖はきょとんとしながら男を見つめ返している。

「あれ、やっちゃん、帰るの？」

走り寄ってきた皓也の問いに、男は目を細めた。

「そ。また来るからそれまでいい子にしてろよー」

皓也と爽矢の頭を交互に撫でて、男は颯爽と去っていった。

なんだか短い邂逅《かいこう》だったというのに、どっと疲れが押し寄せてくる。

「なんかすいません、桜町さん。変な奴で」

「……弟さん、とかですか？」

子供たちの気安い様子から、そう訊《たず》ねてみると、久保田は「そんな感じ」と微妙な返事をした。

「……久保田さんは、これからどこかへおでかけですか？」

「いえ、金はないけど暇があるもんで、ここに遊びにきました。サッカーでもするかって言ってたんですけど……弥玖ちゃんがいるから必要ないかな？」

お役御免になりそうなボールを宙に放り投げて、久保田が首を傾げる。

爽矢と皓也も特に異論はないらしく、どこか興奮したように桜町の腕を引っ張った。

「おじさん、おじさん、弥玖ちゃんと遊んでもいい？」

「うん、遊んでくれる？」

ベビーカーから弥玖を抱き上げ、地面に下ろす。

よたよたとしながら、弥玖は桜町の足にしがみついた。

「皓也、弥玖ちゃんが口の中に変なの入れないようにちゃんと見てろよ」

「らじゃ！」

敬礼するように手を額にあて、皓也は弥玖に手を差し伸べる。

弥玖は自分よりちょっとだけ大きな掌を見つめ、両手でぎゅっとしがみついた。

皓也は弥玖が転ばないよう、ゆっくりと河川敷のほうへと降りていく。爽矢は先導するように坂道を走って行った。

「皓也くん、赤ちゃん慣れしてますね」

「爽矢と四つ違いですからね。おむつ替えもできますよあいつ」

「それはすごい……」

けれど嫁入り前の娘のおむつを他の男に変えさせるわけにはいかないので、おむつ係は自分の役目だ。

うん、と勝手に気合いを入れていると、久保田に肩を叩かれた。

「俺たちも下いきましょうか」

「あ、はい……あれ」

久保田はベビーカーをひょいと持ち上げて、下へ降りて行ってしまう。

「す、すいません。あの、大丈夫ですから」

慌てて追いかけると、久保田はにこりと笑った。

「ああすいません。つい」

「ついって……ママさん相手じゃないんですから」

こういうことが当たり前に出来る男のようだ。そりゃあママさんたちに囲まれるだろうと感心してしまった。

久保田はそう言いながらもベビーカーを持ったまま下へ降りていく。ここまで来てわざわざ奪い返すのも変なので、礼を一つ言って甘えることにした。

子供たちからさほど離れていない場所に、二人で腰を下ろす。久保田は準備よくビニールシートを持ってきており、一緒に座らせてくれた。

芝の上に座るのなど本当に久しぶりで少々戸惑ったが、柔らかな感触や草の匂いは存外悪くない。

「長閑《のどか》ですねえ……」

「ねー。まったりまったり」

特段意味もない会話に、ふっと笑う。

それからはあまり会話も交わさずに、二人で子供たちを眺めた。

なにか会話を探しても良かったのだが、無言の空間がそれなりに心地よくて話しかける気があまり起きない。

久保田も同様に口を噤んだままだったので、同じように思っているのかもしれなかった。そう思うと穏やかな空気を壊す気にはますますなれなくて、桜町は膝《ひざ》を抱えて、頬を撫でていく風に目を細める。

三人の子供たちは、地面に座って会話している。

「これはシロツメクサでー、これがイヌフグリ。こっちがねじり花」

「兄ちゃんこれは？」

「それはハルジオン。これ、ペンペン草ね」

皓也は、爽矢と弥玖に花の名前や虫の名前を教えてやっているようだった。

弥玖の手には久保田兄弟に手渡された沢山の花が握られていて、花束のようになっている。

「ペンペン草はこうやって遊ぶんだよ」

皓也はナズナの果実の部分を千切らないように引き、くるくると回した。

弥玖の耳には、果実のぶつかるしゃらしゃらという音が聴こえているのだろう。皓也からもらったナズナを、真似てくるくると回している。

爽矢は兄の植物講義に早々に飽きたのか、弥玖を抱っこしながら歌を歌い始めた。

「皓也くん、物知りですね」

「なんかああいうの学校で教えてくれるみたいっすね。俺らんときどうだったかなー」

どんな風に植物の名前を覚えたか記憶にない、という久保田に、確かにそうだなと思った。親に教えてもらったのだろうか。そのうち自分も、弥玖に教えてやりたい。

――……弥玖、笑ってる。

弥玖は二人の少年にあやされて、声を上げて笑っていた。

「今日はご機嫌みたいだし、うちのガキどもにまかせて大丈夫っぽいですね」

家では久しく聞かない娘の機嫌の良さそうな声音に、桜町はほっと息を吐いた。

胸の奥で張りつめていたものが、少しだけ消えていくような気がして、けれど新しく不安定な気持ちもこみ上げてきて唇を噛む。

「久保田さんは……」

「はい？」

親として、これを問うてもいいものか逡巡する。それでも訊きたくなったのは、年下の彼があまりに鷹揚《おうよう》に笑うからかもしれない。

胸が嫌な具合に鼓動を速めるので、そっと押さえた。そして、意を決して口を開く。

「久保田さんは、子供が憎くなるときは……ありませんか」

弥玖の泣き声やぐずり声を聞いていると、泣きたいのはこっちだと思うことがしばしばある。

特に最近は、一次性徴でもある反抗期に片足をつっこんだようで、なにかにつけ「いや！」と言うのだ。

時折、口を塞いでやりたくなることすらあった。実際にはそんなことはしないが、そういう考えが過《よぎ》る自分に辟易《へきえき》とし、たまに怖くなる。

完全に負の感情が循環している自覚があって、たまらなく辛くなることがあった。そういうときは決まって、口にしてからなんてひどいことを言っているのだろうと気が滅入る。きっと、久保田は呆《あき》れて、軽蔑したかもしれない。問うたこと自体を後悔した。

「――ありますよ。結構」

けれど、なんでもないことのように肯定が返ってきて拍子抜けする。

思わず目を瞬いていると、久保田は桜町をじっと見つめながら、首を傾げた。

「四六時中一緒にいりゃ、腹くらい立ちますよ。特に赤ん坊の頃なんて、なに言いたいのかわかんないし、具合が悪いのかって心配にもなるし、なんにもないならそれはそれで安心しながらも、じゃあなんで泣いてんだよおめーってなってもうわけわかんなくなるって感じで」

それが普通じゃないですかねえ、と言われて、気が抜けるような心地で細く息を吐く。

もしかしたら、あまりに思いつめた自分を慮《おもんぱか》ってくれたのではという疑念も湧いたが、それでも否定されず、責められないことに安堵した。

「イライラしてるときに限って、喧嘩したりぐずったり泣きわめいたりしたりしてね」

「そうそう、そうなんです。タイミングいいのか悪いのか」

体調を崩した日にやたら不機嫌だったり、翌朝早いときに限って寝てくれなかったり、子供は思うようにいかない。

「今でも、たまにぶん投げたくなるときありますね」

「え」

とんでもないことを言った久保田に、流石に驚いて目を丸くする。

「いや、別に窓の外にとかじゃないっすよ？　家んなかでぎゃあぎゃあ走り回られたり、寄ると触ると喧嘩したりしてっと、襟《えり》掴んでぽいって」

投げたくなるというか、本当に投げることもあると言われて、桜町はあんぐりと口を開けてしまった。そう言えば、初めて爽矢を見たときも、叱られているわけではなかったが簡単に投げていて驚いた。

「……そ、それは……大丈夫なんでしょうか」

「へーきへーき。子供って案外丈夫ですよ？」

「はあ……」

娘と息子の違いなのか、子供の年齢の問題なのか、それとも久保田の気性が荒いだけなのか。

上には上がいるものだと、呆気にとられる。

「まあ、完全に八つ当たりみたいなのしちゃったときは、すっげー悪いことしたなーって後悔するし、謝っちゃいますけどね」

「八つ当たりしちゃうこともあるんですか」

「暴力ふるうとかじゃないですけど、いつも以上に怒ったりして。どうも人間的に未熟なもので」

ははは、と頭を掻く久保田に、桜町は視線を投げる。

「そういうとき、自分が嫌になりませんか？」

問いに、久保田は一瞬考えるような仕草をして、笑った。

「なりますよ。でも、親だって人間だもん、いつでも神様みたく愛するなんて無理でしょ。それが普通じゃないっすかねえ」

「……普通」

普通です、と重ねられて、気が抜けるような気分だった。

今まで胸のつかえがわずかに取れる気がして、頬を緩める。

久保田は桜町の顔を眺めて、真面目だなあと笑った。

「俺、もともと能天気なほうだし、そういうのあんま悩んだことないっすわー」

「そうなんですか？」

「多分桜町さんのほうが一人で育ててる分、俺より大変なことって多いと思う。俺の場合親と同居してるし」

久保田の言葉に、己の口元が微《かす》かに引きつる。

「……いえ、俺も一緒に住んでいないというだけで、結構実家に頼っているので」

戻ってきたらどうかと、両親からも再三言われている。

弥玖との二人暮らしを選択したのは単なる自分の意地でしかないこともわかっているのだ、本当は。それが肉親に負担をかけていることも。

「それにさっきいたやつ、あれね、ちびどもの叔父なんです。つまり元嫁の弟」

「え……っ」

「元々俺とあいつが友達で、自然と姉も知り合った感じでした。だから今でもすげえちびどもの相手してくれてんすよ」

「そうなんですか」

元から友達だったとはいえ、未だに別れた相手の親族と交流があるのは、離婚した相手やその家族とは蟠《わだかま》りがないということなのだろうか。桜町は、元妻の親類とは一切関わりを持っていないので、少し驚く。

疑問が顔に出たか、久保田は少しだけ説明してくれる。

「親族歴より友達歴のほうが長いので、そう簡単に縁は切れないってのもあります。それに、俺が前やってた仕事と近い業種なんですよ。で、うちは親父も建築現場とかで働く系だし、元々仲良くしてたんで今でも交流あります」

「なるほど」

たくさんの人に支えられているのだなと、感心する。

「久保田さんは……親と同居するのって、躊躇しませんでした？」

「いや別に？　だって、こういうのは意地張ったってしょうがないでしょ。それに、親の俺が切羽詰まったら困るのは俺じゃなくて子供のほうだし」

けろりと返されて、桜町は返答に詰まる。意地を張っている自分を嗜《たしな》められたような気分に陥った。

何故か久保田も気まずそうな顔をして、それに、と口を開く。

「俺、昔は鳶《とび》職だったんですよ。休みがないときも多いし夜勤も結構頻繁にあるし、赤ん坊いるから時間不規則はまずいなと思って……そんで、今のマンション管理人の仕事紹介してもらったんすよ」

給料はだいぶ減りましたけどねーと久保田が笑う。

「すっげえ恵まれてるんで、あんまり自分が苦労してるって感覚ないっすねえ。実際してないし」

「……それは、羨《うらや》ましいです」

本心から出た言葉が、嫌味に聞こえてはいないだろうかとひやりとしたが、言い訳もできなかった。

彼が笑顔でいられるのは、勿論もともとの性格もあるかもしれないが、環境的に恵まれているからだと思っていたのだ。

けれど、自分と殆ど大差がないと知ってしまった今、彼のように穏やかな心情でいられないことが情けなくて仕方がなかった。

「……桜町さん？」

久保田のようにちゃんと笑うことが出来れば、娘ももう少し笑ってくれるのだろうか。意地を張っているから、自分が駄目だから、娘はぐずるのだろうか。

どうしたんですかと問われても、今は卑屈なことしか言えそうになくて俯く。

不意に目の前に影が差し、顔を上げると、皓也が立っていた。

「おじさん、弥玖ちゃんお水だって」

「あ……ごめんね、ありがとう」

話題が逸れたことにほっとしながら、桜町はベビーカーからペットボトルを取り出す。皓也はさりげなくそれを桜町の手から取った。

「僕があげてもいい？　これ、キャップのとこがコップになってるやつだよね？」

「あ、うん。まだちょっと零すからタオル……」

「これ使ってもいいの？」

桜町が取り出すより早く、ベビーカーからハンカチタオルを探し当てて、返事をするかしないかのうちに皓也は走って行ってしまった。

ぽかんとその背を見送っていると、久保田がすみませんと頭を下げる。

「あいつ、仕切り屋っていうか、すごいせっかちなんですよねー」

「いや、しっかりしたお子さんだなって、今感心してました」

ご謙遜《けんそん》をと笑うと、久保田はにっと歯を見せた。

「とんでもねえっす。まったく誰に似たんだか……」

長子というのはああいうものではないだろうかと思いながら、ふと彼らの母親の存在に思い至った。

久保田兄弟は二人とも顔は父親似のようだが、性格は微妙に違っている。それほど久保田のことを知っているわけではないが、弟の爽矢は父親似のようだ。

捨てられた、と言っていたが、どんな相手だったのだろう。誰に似たのか、というところを考えると、母親似ということなのか。

問おうとしたが、やめた。まだそんなに深い間柄とは言えなかったからだ。

その後、一緒に昼食でもと誘われたが、買い物があるからと断った。残念そうな久保田兄弟に謝って、すっかりご機嫌になった弥玖をベビーカーに乗せる。

「じゃあ、今日はこちらで失礼します。皓也くん、爽矢くん、またね」

「――あの！」

会釈をしたのと同時に、久保田が声を上げる。はい、と返すと、久保田は携帯電話を取り出した。

「すごい今更ですけど、IDかQRを…」

「ID？　って、なんのですか？」

「あ、SNSの……や、アドレスと番号でもいいんですけど。連絡先交換しません？」

ああそういうことかと合点がいって、桜町も携帯電話を取り出す。基本的に電話とメールしか使っていないので、久保田の言葉になんだか急に年寄りになったような気にさせられた。

アプリケーションの類は入れていなかったので、電話番号とメールアドレスを交換する。子供繋がりの交遊関係は初めてで、新しく登録されたそれをじっと見つめた。あまり凝視しては変に思われるかと顔を上げると、久保田が携帯電話を持ったまま相好を崩している。

やけに嬉しそうな顔をするので思わず固まっていると、こちらの視線に気が付いた久保田はその頬にさっと朱を刷《は》き、頭を掻いた。

「桜町さんの連絡先、入っちゃいましたね」

交換したのだから当然なのだが、改めて、そんなに嬉しそうに言われると何故だかこちらも照れてしまう。

げっとだぜー、と言いながら、久保田は上機嫌で携帯電話をしまった。

「じゃあ改めて、パパ友としてよろしくお願いします！」

「あ、はい。こちらこそよろしくお願いします」

ぺこりと頭を下げた桜町に、久保田はふふっと笑った。

「引き留めてすみませんでした。じゃあまた！　弥玖ちゃんもばいばい」

手を振る久保田親子に会釈をして、桜町はスーパーへと向かう。

「……パパ友」

初めての響きに、嬉しくなっている己を発見する。自発的になにもしていないが、パパ友を得てしまった。

「弥玖、パパ友だって」

桜町の声に反応して、弥玖が「あー！」と嬉しげな声を出す。それを聞いて、よっぽど嬉しそうな声音だったろうかと恥ずかしく思ったが、スーパーへ向かう足取りが軽くなったのが自分でもわかった。

連絡先を交換したものの、それを使う機会は訪れなかった。顔を合わせれば挨拶をする程度で、互いに連絡先を使うような事態がないというのもある。ただ、「パパ友」の連絡先が携帯電話に入っているという事実だけで、気が楽になったのも確かだ。

それから数日後、再び反抗期の兆しが表れた弥玖は、連日朝から晩までぐずっていた。なるべく穏やかな気持ちでいようとは思うものの、苛立《いらだ》ちも覚える。

今日の朝はそれまでが嘘のように珍しく大人しかった。ご機嫌とは言わないまでも反抗的な態度を取らない娘に安堵しつつ保育園へと送ったのだ。

けれどその日の昼休憩と同時に、弥玖を預けている保育園から弥玖を病院に連れて行ったと連絡が入った。

子供が園内で具合が悪くなったり怪我をしたりしたときは、園のかかりつけの病院へ職員が連れて行ってくれる。メールの内容を見ると、高熱を出したようで、現在の様子や体温、処方箋《せん》の内容などが記載されていた。その末尾に「できればなるべく早くお迎えに来ていただけますか」と書き添えてある。

朝はそんな素振りなどなかった。けれど、思い返せば少し大人しかったような気もする。あれは、大人しかったのではなく、元気がなかったのかと思い至って血の気が引いた。

日中は実家に誰もいないので、桜町が迎えに行くしかない。勿論定時まで預けておくことも保育園側では可能だったが、やはり心配なので迎えに行ってやりたかった。

上司に事情を話し、急いで仕事を片付けたが、会社を出る頃には十五時を過ぎていた。

そっと教室を覗くと、弥玖は保育士に抱っこされてあやされている。保育士の目がこちらに向き、桜町は会釈を返した。

「弥玖ちゃん、パパがお迎えにきたよー」

「弥玖……っ」

保育士の腕に抱かれた弥玖は顔を真っ赤《か》にしていた。額に小さな冷却シートを張り、指を咥えながらしゃくりあげている。

弥玖は父親に気づき、「とったぁ……」と弱々しい声で泣きながら桜町へ手を伸ばした。

慌てて近づき、頭を下げる。

「すみません、お世話になりました」

弥玖と処方箋を受け取り、いつもと泣き方が異なることに気づく。怪訝に思って眉を顰めると、保育士は弥玖の頭を撫でた。

「朝はいつもより大人しいかなってくらいだったんですけど、お昼頃急に具合が悪くなって。なんだかリンパがちょっと腫《は》れてるみたいで、耳の下……顎《あご》のところですね、そこが痛いらしくてずっと泣いてるんです」

「リンパ……」

言われて見てみると、顎を覆うように小さな湿布薬が貼られていた。

どれ、となにげなく指で擦ってみると、弥玖の体がびくんと強張《こわば》る。そうして一瞬置いたあと、堰《せき》を切るように大声で泣き出した。

「さ、桜町さん、ちょっと外に出ましょうか」

慌てて廊下に押し出され、保育士は教室の扉を閉める。他の子が泣き声で起き、更にもらい泣きなどされたらことだろう。

桜町は申し訳なさに何度もすいませんすいませんと頭を下げた。保育士の若い女性はいいんですよ、と苦笑しながら弥玖の涙を拭ってくれる。

「あの、痛がってる場所は押さないであげたほうがいいと思います」

「はい。すみません……」

「弥玖ちゃん、泣いたらもっと痛いよ。いい子ね」

よしよしと頭を撫でてくれる保育士に、弥玖は縋《すが》るように手を伸ばす。

「……おうち帰ろうね、弥玖」

お世話様です、と言い置いて、桜町はそそくさと踵を返した。

娘の体調を考えればあまり外を歩かないほうがいいことはわかっていたので、最寄りの駅まで行ってタクシーを拾った。

タクシーの運転手が、ぐずって泣く弥玖をミラー越しに見て顔を顰める。

——そんなに長い時間は乗らないんだから勘弁してくれないかな。

父親の不安を悟ったのかどうなのかはわからないが、弥玖は更に泣き声を上げた。けれど具合が悪くていつもより体力を消耗しているのか、声量が徐々に小さくなっていく。弥玖はすぐに父親を呼びながらしくしくと泣き始めた。それがあまりに憐れで、桜町のほうが泣きそうになってくる。

車に乗っている時間は十分たらずであったが、随分と長い時間に感じられた。

代金を支払ってタクシーを降り、とぼとぼと歩いていると前方から声を掛けられる。

「——あれ？　桜町さん。早いですね」

久保田がマンションの前に立っていた。どうして、と問いかけて、自分の帰宅時間がいつもより早いだけなのだと思い至る。

「どうかしたんですかー？」

のほほんと声を掛けられて、何故だかそれがひどく癇に障った。

八つ当たりでしかない感情だとわかっているのに、イライラが収まらない。

「……久保田さんは、今おかえりですか？」

既に私服に着替えている久保田は、そうなんですよと笑った。理不尽な怒りを向けられているのも知らずに笑いかけてくる久保田に、苛立ちは萎《しお》れ、ひどい自己嫌悪に陥った。

久保田はすぐに桜町の腕の中の弥玖の様子に気づき、歩み寄ってくる。

「あっ、弥玖ちゃん風邪引いちゃった？」

久保田が、桜町に抱かれた弥玖を覗きこむ。弥玖は熱で潤《うる》んだ目を久保田に向け、顔を顰める。

「大丈夫ですか？　今結構流行《はや》り始めてるらしいから」

「……ええ。なんかリンパが腫れてるとかで……薬もらいましたけど、熱も高くてぐずっちゃって」

声が刺々《とげとげ》しいのが自分でもわかる。そんな風に相対したら、自分で自分が嫌になるとわかっているのに、止められなかった。

「いや、弥玖ちゃんもですけど、桜町さんが」

「……そんなに、私は余裕のない顔をしてますか？」

詰るような口調で問うと、久保田は目を丸くした。それから、是非を答えるわけではなく、久保田が曖昧に笑う。

「なんか、ごめんなさい」

「……なんで、久保田さんが」

感じが悪いのは桜町のほうだというのに、どうして謝るのか。余計に惨《みじ》めになって、桜町は眉を寄せた。

「なんかあったら、いろいろ言ってくださいよ。同じバツイチのパパ同士じゃないですか」

「……はい。あの、……失礼します」

これ以上無様な姿を晒すのは憚《はばか》られて、桜町は逃げるようにその場をあとにした。

なんだか、彼の前に立つとひどく滅入る。

そんな自分を知るのも嫌で、桜町は視線を逸らした。

エントランスに駆け込み、エレベーターを待つ。一刻も早く、自宅に閉じこもってしまいたい。苛々としながら待っていると、弥玖が不機嫌そうな声を上げた。

「泣くと痛くなるよ。……我慢しな、あともうちょっとでおうちだから」

「うー……」

尖った声に、弥玖がまたぐずる。もどかしい気持ちになりながら、ようやく到着したエレベーターに足を踏み入れると、久保田が走って乗り込んできた。

「く、久保田さん？」

どうして、と問うたのを無視して、久保田は勝手に桜町の居住階のボタンを押した。

「あー間に合った」

まだなにか用があるのかとその背中を見ていると、久保田が顔をこちらに向けた。

「あのね、桜町さん」

「……はい」

久保田が続きを言う前に、エレベーターが到着する。

降りようと脇を抜けると、背広の背中を引っ張られた。

「桜町さんも、顔色すごい悪いよ」

「はあ……」

そう言われても、いつもと変わったところはないと思っている。

首を傾げると、久保田はもどかしげに首を振った。

「いきなりこんなこと言われて気味悪いかもしんないけど、俺でよかったら弥玖ちゃん見てるから、休みなよ」

「いいです」

「俺のこと信用できない？　これでもちゃんとガキの面倒は見てきたよ？」

「自分で出来ます！」

自分でも驚くくらい、悲鳴じみた声が出た。怒鳴ったせいで、弥玖がついに泣き声を上げてしまう。

久保田の顔を見られなくて、桜町は弥玖をぎゅっと抱きしめた。

二人も子供がいて、明るく子育てをしている久保田のほうが、自分なんかよりよほどちゃんとしているなんてことはわかっている。きっと、親切で言ってくれているのだということも、わかっている。

けれど、今はそれが苦しい。

友達になれて嬉しかったのも本当だけれど、状況は同じなのに、年下なのに、自分よりちゃんとしている彼にコンプレックスを刺激されるのだ。

それを当たってしまう自分が嫌で嫌でしょうがない。

「……そんなに、自分のほうが親らしいって見せつけたいんですか」

言えば後悔するとわかっていたのに、我慢できなくて口にしてしまう。

消え入りたいほどに情けなく、恥ずかしく、桜町は唇を引き結ぶ。

「ごめんなさい。今の、忘れてください」

「桜町さん」

不意に、頬を撫でられて、顔を上向かせられる。目の前にある男の顔がにっこりと笑った。

「ごめんね。ほっとけない」

毒気を抜かれて二の句を継げずにいると、エレベーターのドアが開いた。

このまま具合の悪い娘を抱え、外で押し問答しているわけにもいかない。かといって久保田を突っぱねることも出来ず、嘆息した。

「……とりあえず、中へどうぞ」

帰ってもらうにしても、一旦中へ入ってもらうことにする。

自宅に自分たち親子以外の人間を招くのは久し振りだった。

「どうぞ。散らかっていますけど」

朝出たときのままなので、ソファには毛布が掛けっぱなしだ。ベビーベッドの周囲には、弥玖の絵本やおもちゃが転がっている。

「随分と……すっきりした部屋ですね」

それでも言葉を選んだ男に、桜町は苦笑する。

――素直に、ものがないと言ってくれていいのに。

綺麗なわけではない。居住スペースであるにも拘わらず、ここでなにもしていないから散らかりようもなくなっている部屋は、寒々としている。ずっとここで生活しているから特段意識したことはなかったけれど、こうして第三者が傍らにいると、途端にその寂しさを思い知らされるような気がした。

久保田はリビングにあるベビーベッドを凝視してから、枕と毛布が置きっぱなしになっているソファを見やり、あの、と口を開く。

「リビング以外にもベビーベッドってあるんですか」

「いいえ?」

ベッドは一つで十分だろう。怪訝に思っていると、久保田は何故か驚いたような表情を作った。

「え、じゃあもしかして桜町さん、夜もここで寝てんの?」

「そうですけど?」

それがなにかと首を傾げると、久保田は呆れたような溜息を吐く。

「あのね、桜町さん」

「うー……」

腕の中の娘がむずかる声で、久保田は口を噤む。

弥玖の顔を覗くと、ぱたぱたと手足を動かしながらぐずり始めた。顔色はいつもよりも血色がよすぎるくらいで、不安になる。

「お顔、真っ赤ですね。ご機嫌もあまりよくないかな……?」

顰め面をしている弥玖に話しかける久保田に、桜町は眉を寄せる。

けれど、静かなのは今のうちだけで、夜中になったら泣くのだろうなと嘆息する。そんな様子を見咎《みとが》めたのか、久保田は桜町を睨むように見つめてきた。

「……なんですか」

「——あのね、桜町さんも具合悪いんだから、ちゃんと休みなよ」

久保田の手が伸びてくる。大きな掌に触れられ、同性同士だというのに肌が触れて少々緊張してしまう。

「ほら、桜町さんも熱い」

窘めるような口調に、頬がカッと熱くなる気がした。久保田の手から逃れるように身を引き、眉を寄せる。

「ちゃんと寝てます？」

「弥玖が夜泣きすることも多いので……あんまり寝ないこともあります」

「子供が小さいと眠り浅くなりますよね。それに体が疲れすぎて、眠れなくなることもありますよ。でも、だったら余計ちゃんとベッドで寝たほうがいいと思う。慣れたつもりでもやっぱり違うし」

「大丈夫ですから、ほっといてください」

「ほっといてって……ほっとけるわけないでしょ」

しつこい、と怒鳴りつけようとした瞬間、不意に膝の力が抜けた。

誰かに足を払われたような感覚に似ていたが、勿論久保田がそんなことをするはずもない。

彼はひどく焦った顔をして、桜町を抱き寄せていた。

それは一瞬のことだったが、コマ送りのように、ゆっくりと感じた。

二人の間で押し潰されるような形になった弥玖が割れるような泣き声を上げ、はっと我に返る。

一体なにがどうなっているのだろうと疑問符を飛ばしていると、桜町を包み込むように抱きしめていた久保田が長い溜息を吐いた。

「……あっぶねえ。……立てます？」

「え……？」

問われて、初めて自分の脚に力が入っていないことを自覚する。

久保田が抱き留めていてくれなければ、倒れていたかもしれない。そんなことに指摘されてから気づく自分が、少々恐ろしかった。

「だ、大丈夫です」

「……支えてますから、ソファに座りましょう」

まるで怪我人のように手を貸してもらい、ソファに腰を下ろす。弥玖を取り落したりしなくてよかったと、まだ泣いている娘をしっかりと抱きしめた。

そして改めて、久保田が指摘したように己の具合が悪いのだということを自覚する。

それでも、ふらふらとしながら弥玖の服を着替えさせた。何度も久保田が手助けを申し出てくれたが、断ったのだ。

なんとか着替えさせた娘を抱き直すと、久保田が桜町さん、と名前を呼んだ。

「具合が悪いときくらい、休みましょうよ。あなた一人で生きてるわけじゃないんですから」

それは、娘がいるんだからしっかりしろという意味か、それとも支えてくれる人がいるという意味か。

もしかしたらその両方なのかもしれない。

改めてそんなことを言われて、わかっているつもりだったのに、と唇を噛む。

それを思い知らされ、今まで張りつめていた糸がぶつんと音を立てて切れたような気がした。

――……駄目だ。

不意に視界が歪み、桜町は目を瞠る。

目の奥が痛い。目尻を伝ったものに、自分が泣いているのだと知った。

まじまじと見つめられているのがわかっても、目元を拭う気力は湧かない。一度零れた涙は、止めどなく溢《あふ》れてくる。

「ど、どうしたんですか、桜町さん？　辛い？　具合悪い？」

慌てた様子で、久保田が正面にしゃがみ込む。顔を見られているとわかっているのに、隠すこともしなかった。

――どうしたもこうしたもない。

桜町は瞼《まぶた》を閉じる。外聞もなく泣いている桜町に、久保田はさぞ困惑していることだろう。

それでも涙は止まらなくて、桜町は無言で娘を抱きしめた。

理想の家庭を作りたかった。理想の父親になりたかった。

妻がいなくても大丈夫だと思っていたけれど、やはり駄目だったのだろうか。

どこから間違っていたのだろうと、悲しくてたまらなくなる。

「桜町さん、泣かないでよ」

本当に困り切ったような声に、桜町はそっと目を開けた。

眼前にあったのは弥玖の顔で、急に泣き出した父親に驚いたのか、泣くのも忘れて凝視している。

娘の頭の向こう側に、心配そうな久保田の顔がある。瞬きをひとつして彼を見ると、伸びてきた掌に目元を優しく撫でられた。

「……泣かないで」

優しい声音に、不覚にも更に泣いてしまいそうになる。

きっと、この場に久保田がいなかったら涙を飲みこめた。労るように声をかけてくれるから、涙を止める術《すべ》を忘れるのだ。

そのやりとりを見ていたらしい弥玖が、桜町に手を伸ばした。

「……弥玖？」

さぞ情けない父親に呆れたことだろう。

申し訳なさに名を呼ぶと、弥玖は黒目がちの目を潤ませて、父親の顔を触った。

「とた、ないよ。ない」

弥玖は、言い聞かせるように桜町の顔を叩く。

そうして、桜町があやすときのように、ぽんぽんと、優しい掌が胸に触れた。

「……っ……」

息が詰まって、桜町は口元を押さえる。

せっかく娘に慰めてもらったのに、涙は溢れるばかりで止まらなかった。

「ううー……」

「……ふえ……うえっ……」

嗚咽《おえつ》を零した父親に、弥玖もつられてしゃくりあげる。

うわあ、と同じタイミングで声を上げて泣き出した父娘《おやこ》に驚いたのは久保田のほうで、

「え？　え？」と声を上げながら桜町と弥玖を見比べ、彼は狼狽えていた。

「さ、桜町さん？　熱でわけわかんなくなってる？」

「……うー……」

人の目があるのに情けない、と思う気持ちはどこかにあったが、泣き止むことが出来なかった。いつもなら堪《こら》えるだけの理性があるはずなのに、それは熱で溶けてしまったのかもしれない。

「待って、ちょっと待った」

久保田は慌てたように、隣に座り、弥玖ごと桜町を抱きしめた。

どんな状況だと混乱していると、久保田に頭を撫でられる。そうして、久保田の胸に顔を埋めるような形で抱き寄せられた。

「――よし！　いいですよ。いっぱい泣いちゃえ」

「え」

てっきり泣かないでと慰められるかと思ったのに、真逆のことを言われて面喰らう。

「桜町さんはさ、とにかくなんでも吐き出しちゃったほうがいいよ。男だって父親だって

大人だって、人間なんだから、泣きたいときだってあるよ」

優しく髪を梳《す》かれて、涙が喉に詰まる。

「夜遅い時間じゃないし、今ならどれだけ叫んだって泣いたって、誰も気にしないから大丈夫。……泣いていいよ」

誰も、とは言っても久保田がいるじゃないか。

そう返そうとして、顔を上げると優しい視線とぶつかった。

よしよし、と子供にするように背を撫でられて、一度は引っ込めた涙が再び溢れてくる。

「……どうして、ちゃんと出来ないんだろう」

「うん」

「弥玖は泣くし、ちゃんとできないし、情けないし、疲れるし、みんな幸せそうなのにうちだけ違う気がして、俺だけが駄目なやつで」

体系立てて話すことも出来ない弱音は、ひどくとっちらかる。それでも久保田は、茶化すでもなく根気よく相槌を打ってくれた。

弥玖の泣き声に、いつもならひどく不安な思いを抱くのに、今日は少しだけ違った。

散々心情を吐露して、同じことを何度も繰り返しながら泣き喚《わめ》いたが、久保田は辛抱強くそれに付き合ってくれた。

涙も引っ込んだ頃、我に返った桜町は、久保田の胸に縋ったまま動くに動けないでいる。

だいぶすっきりとはしたものの冷静になるとただ恥ずかしく申し訳ないばかりで、口を開くことも出来ない。離れるタイミングもはかり辛かった。

二人の間に挟まれた弥玖は、とうに泣き疲れて眠っている。

そっと顔を上げると、久保田と視線が交わった。

「すっきりしました？」

途端に羞恥が頂点まで達して、桜町は身を離す。

けれど久保田はそれを許さず、桜町の肩を掴んで逃がしてはくれなかった。

顔をまじまじと覗きこまれ、いたたまれなくて顔を背ける。腫れぼったくなった目で何度も瞬きをした。

「す、すいません俺、醜態を……」

「全然。可愛いですよ」

——また、可愛いって言った。

年上で子持ちの男にそういうことを言って揶揄うのは、ひどいのではないだろうか。

繕った身分で今更だけれど、意地の悪いことを言った彼を睨もうと顔を上げると、先程までよりもずっと近くにその整った顔があった。

「あの……」

思わず後ずさった桜町に、久保田は目を細めた。

「じゃあ、着替えましょうか」

「……はい？」

唐突な科白に、首を傾げる。久保田は「すぐに寝て、治したほうがいいですよ」と付け加えた。

「すっきりついでに、もし入れそうなら風呂入ります？」

戸惑っていると、彼は眠った弥玖をやや強引に己の腕に移した。弥玖はむずかる様子もなく、彼の手で寝息を立てている。

「弥玖ちゃん、お風呂デビュー済んでます？」

「え、あ、はい」

弥玖の風呂は、平日は実家の両親が入れてくれるが、都合のつかないときや休日は桜町が入れている。

「それだと、風呂ゆっくり入ってられないでしょ？」

確かに、娘が出来てからはあまりゆっくりと風呂に入ったことはないかもしれない。

「人がいるときくらいしか落ち着いて風呂入れないし……と思ったんだけど、無理そうですね。でも着替えはしたほうがいいと思いますよ」

「……はい」

その間弥玖を見ていてくれるとのことだったので、桜町はソファの上にたたんでおいたスウェットとTシャツを手に取る。

「……あの、じゃあすいません。お言葉に甘えます」

「うん、いってらっしゃい」

どこか勝ち誇ったような彼の顔に内心苦笑しながら、桜町は風呂場に向かった。脱衣所で服を着替えてリビングへと戻る。

弥玖はあのままぐっすりと眠っていたようだった。ほっとしたが、病気で体力の消耗が激しいのかもしれない。

顔を見ようと足を踏み出すと、久保田が振り返る。

「おかえりなさい」

「はい。ありがとうございます」

言いながら、久保田から目を逸らしたまま娘の顔を覗き込んだ。

やはりいつもより頬が赤い気がするが、寝息は穏やかだ。まだ油断はできないが、心安く眠っている娘の様子に胸を撫で下ろす。

「薬、効いてるのかな？　結構楽そうに寝てくれてますね……とりあえず薬は目が覚めたら飲ませるって感じで」

弥玖の枕元に置いてある薬を確認して首肯する。

「それと、桜町さん、布団《ふとん》どこにあります？」

「え？」

「ソファじゃなくて、ちゃんと布団で寝ましょう。いくら夏が近いからって、熱があるのにソファなんかで寝たら悪化しますよ」

大丈夫です、自分でやります、と言ったが、信用がないらしい。久保田に腕を引かれて布団の在処《ありか》を白状させられた。

リビングの、弥玖のベッドの傍に布団の用意をされ、そこに強引に座らせられてしまう。

「じゃあ俺、そろそろ帰りますね」

傍らを離れた久保田の袖《そで》を、桜町は咄嗟に掴む。

なんだか手に触れるのは躊躇《ためら》われたのだ。久保田は目を丸くして、桜町を見やった。

「あの、本当にすみません。色々とご迷惑をおかけして」

ふっと笑って、寧ろ謝るのは俺じゃない？　と久保田が言う。

「……ていうか、俺が図々《ずうずう》しく押し掛けたんだから、桜町さんが気にすること全然ないと思うんだけど。というか、寧ろ踏み込みすぎ、おせっかい野郎って怒っていいくらいだよ」

とんでもない、と桜町は首を振った。

「感謝してます。あの、久保田さんがいてくれて、助かりました。もし一人だったらと思うと……ありがとうございます」

情けないことを言ってしまいそうになり、羞恥を笑ってやり過ごす。久保田が瞠目して固まり、がしがしと頭を掻いた。

「あー……」

一体どうしたのかと不審に思っていると、久保田はずいと顔を寄せてくる。

なんだか形容しがたい迫力に無意識に体を引けば、彼は更に詰め寄ってきた。そして唐突に、布団の上に桜町を押し倒した。

近い、と口にするより先に、彼との距離がゼロになる。

柔らかなものが唇を塞ぎ、桜町は大きく目を見開いた。

「ん……っ⁉」

せっかく寝付いた娘を、起こすわけにはいかない。混乱しながらもそれだけは頭にあって、桜町は言葉を飲み込んだ。

そんな桜町の枷《かせ》を理解して、久保田は息を殺した唇に啄《ついば》むようなキスを仕掛けてくる。

幾度目かのキスのあと、彼の唇は頬へと逸れた。そこへの口づけを最後に、久保田がすっと体を引く。

久保田は満足げに笑い、唇を舐《な》めた。その動作がやたらに色っぽく見えて、桜町はこくりと喉を鳴らす。

「あ、あの、久保田さん……っ⁉」

「はい、すいません。なんかもう我慢出来ませんでした」

けろりと返された言葉に、桜町はますます混乱する。

久保田は、「本調子じゃない人に手ぇ出すのもどうかって思ってたんですけど」と言い訳にしてはあまりに悪びれない様子で嘯《うそぶ》いた。

「あの、ど、どういうことなんでしょうか。どういうつもりで、こんな」

「どういうって……わかりません？」

首を傾げて再度迫ってくる久保田に、桜町は思わず唇を手で覆い隠した。

「わ、わかるもわからないも」

「俺、最初見たときから仲良くなりたいなって思ってました」

パパ友を得るのは、桜町も同様に嬉しかった。けれど、その科白を言うためになんでこんなに近づいてくるんだ、と思いながらじりじり布団の上を移動する。

「最初っから好みのタイプで優しくしたいって思ってたけど、すごく可愛くて。無防備に笑ったりするの見て、俺にも……俺だけにも笑ってくれないかなって」

久保田は退路を完全に塞ぐように、両手をついて桜町を閉じ込めた。

想像もしなかった事態に、桜町は硬直する。

けれど一番驚いているのは、口説かれることに否定的な気持ちにならない自分自身にだ。

心臓が、うるさいくらいに胸を叩いている。自分も相手も男なのに、顔を近づけられて戸惑いや嫌悪感より、誤魔化しようもなくどきどきしているのだ。

「あの……」

「──桜町さんさ、さっき眠れないとか言ってたよね」

「え？　ああ、はあ、言いましたね」

先程から彼の会話の意図が判然とせず、桜町は眉を寄せる。

「……ちょっと抜いてみる？」

「……はい？」

一瞬なにを言われたのか理解出来なかった。

いつもと変わらない、目尻の下がった優しげな眼前の顔と、放り投げられた言葉が上手く噛みあわない。何度も反芻《はんすう》し、桜町は口を開く。

「抜くって……」

「一人でもしてないんでしょ、どうせ。適度な疲労と、血の循環って睡眠に必要だよ。たまにはしたほうがいいっすよ」

え？　と混乱している桜町を気にする風でもなく、久保田は目を細める。

「大丈夫。マッサージ受けるとでも思って」

「だ、大丈夫って、なにが？」

いいからいいから、と腕を引いて起こされ、ソファに無理やり座らされた。

肩を押され、バランスを崩して倒れる。身を起こすより先に、久保田にスウェットを下着ごと引きずり降ろされた。

「っ、な、なにを……！」

「痛いことはなにもしませんよー」

痛いことってなんだ⁉　と問うのも怖くてあわあわともがいてみたものの、あっさりと下半身を裸にされた。

慌てて上着の裾を引っ張って下肢を隠す。一体なんでこんなことになったのかと目を回していると、足元でにっこりと笑った久保田は、桜町の腕を引いて抱き起こした。

「じゃあはい、前向いて座りましょうね」

「……っ」

久保田の脚の間に身を置き、背中から抱きしめられるようにだっこされて、顔から火が出るほど恥ずかしい。

一体なんでこんなことに、と問い質《ただ》したいが、緊張と羞恥が臨界点を超えたせいで、浅い呼吸以外は口から出てこない。

「はい、リラックス」

「で、できるか……っ」

具合の悪い娘がいるのに、とんでもない話だと眦《まなじり》を吊り上げる。

やっと反論した桜町に、久保田は「んー?」と声を上げた。

「でもなにしてたって、子供の病気が一瞬で治るわけじゃないでしょ」

「そうかもしれないけど、それとこれとは……!」

「本当にやばいときに倒れたほうが駄目じゃない？　そういう本当に切羽詰まった状況のときのために、休めるときは休んだほうがどっちのためでもあると思うよ、俺」

もっともらしい言葉に一瞬納得しかけたが、その話といやらしい行為をすることは全くもって別問題だ。

離せ、と抵抗しかけた瞬間に、膝裏に彼の手が差し込まれた。足を大きく開かされ、あらぬ場所に触れられて息を飲む。

「！　っ……ぁ」

久しく他人が触れなかった場所に、久保田の指が絡んだ。

「やめ――」

「声出すと弥玖ちゃん起きちゃうよ？」

耳元で囁かれ、桜町はぐっと詰まる。もし見られたところでなにをしているかなんてわからないだろうが、そういう問題ではない。

どうしたらよいかわからず、必死に頭を振る。久保田は「大丈夫」と呟いた。

「っん……！」

パパ友達に触られているというのに、桜町のものは萎《な》えるどころか熱を持ち始めた。

久しぶりに触れられたせいか、そこは桜町の混乱や動揺をよそにあっという間に濡れた音を立てる。

「わ……っ」

反射的に膝を閉じた桜町を咎めるように、久保田が耳の裏に舌を這《は》わせた。付け根を辿るようにねっとりと舐められて、覚えのない感覚に体がびくんと跳ねる。耳元にかかる息が熱くて、心臓が早鐘を打った。

「足、閉じないで」

「や、ちょ、ちょっと待ってくださ……っ」

熱っぽい声に震える息を堪えながら首を振ると、耳元で久保田が嘆息する気配がした。

久保田は左手で、桜町の太腿《ふともも》に触れた。足の根から内腿にゆっくりと掌を這わせていき、膝を撫でる。

膝頭をくるりと撫でて、久保田の手が外側から膝裏へと滑った。

「や……！」

再び足を開かされて、桜町は頭を振った。

けれど、文字通り急所を握られているせいか、体が震えるばかりで抵抗できない。

「そ、そんなところ触らないでください……っ」

「大丈夫、怖くないから」

よしよし、と子供をあやすような声を出しながら、久保田は桜町のものをゆっくりと扱《しご》きあげる。

「ん……、っ」

もどかしいくらいの速さで擦られると、無意識に鼻から甘えるような声が漏れた。いたたまれなくなって、桜町は身を捩る。

「じっとして」

「ひゃっ……」

久保田が肩に顎を乗せた瞬間、ぞわりと背筋が戦慄《わなな》き、首を竦めた。

「あれ、桜町さん首とか弱い人？」

「く、くすぐったがりな、だけで……」

首が弱いなどと思ったこともない。そう申告すると、久保田はふうんと相槌を打った。

「や……うぁ、あ」

首筋に柔らかく濡れたものが這い、声が漏れる。

試すように首筋を舐められたのだ。それがひどく恥ずかしくて、背筋が震える。

くすぐったいのとは違う、妙な感触に自然と体が逃げた。けれど、久保田はそれを許さず、追いかけるようにして首筋を吸う。

「や、あ、痕が……」

「大丈夫、こんくらいじゃキスマークは付きませんよ。痛くないでしょ？」

ちゅう、と音を立てて吸われて膝が震える。音を立てて啄まれると、そのたびに体がびくびくと強張った。

「いやだ、首、やめてください……！」

舐めたり吸われたりするたびに、覚えのない変な感覚が体を走った。

元妻にすら見せたことのない己の反応に、桜町は恥じ入る。淫らだと思われるのではないかと、涙が滲んだ。

ぶんぶんと首を振り、やめてくれと泣きを入れる。

「じゃあ首、やめますからこっちに集中しましょうか」

「んっ……」

先端を弄《いじ》られて、痛いくらいの刺激が下肢に走って、桜町は目をきつく瞑《つぶ》る。

「んっ、ん……！」

「一回出しちゃいましょう。そのほうが楽かも」

「や……ぅ、っ」

桜町が答える前に、久保田が手の動きを速める。強めに揉みしだかれて、体中の血が大きな掌の中に集まるような気がした。

「いいよ、桜町さん、いっちゃって」

首の付け根を甘噛みされて、その小さな刺激にびくんと腰が跳ねる。

「やっ……」

堪えられない、と身を屈めると、顎を取られて起こされる。

「……っ……！」

背後から唇を奪われて、嬌声《きょうせい》は飲み込まれた。

「んっ……、っ……」

背を逸らして、背後の久保田に寄りかかる。痙攣《けいれん》する腿を必死に押さえながら、上がりそうになる声を堪えるために息を止めた。

「んー、は……っ」

どうにか快感の波が引いたのを見計らい、息を吐いた。

全身の力が抜け、ソファにゆっくりと倒れる。腰をずらして、久保田に仰向けに転がされた。

男の手でされたというのに、嫌悪感の湧かない自分に混乱すら覚える余裕がない。それほど、思考が吹っ飛んでしまっていたのだ。

汚れた下半身を出したままだというのに、もはや隠す気力も起きなくて、桜町は荒れた呼吸を調えるように胸を喘《あえ》がせる。

「いい眺め」

「……？」

なにが、と問おうとしたが、声が出ない。ぐい、と大股を開かされて、息を飲む。

「淡泊そうなのに、桜町さん」

「ん、あ！」

濡れた下肢を握られて、自分のものがまだ固くなっていたことを知った。

「あ……ぁっ、……」

先程達したばかりで、敏感になっているものをぐちゃぐちゃに弄られる。反り返ったものを腹で転がすように弄《もてあそ》ばれれば、やだ、と自分でも驚くほど甘い声が漏れた。

「桜町さんが意外とえっちで、びっくり」

「い……、っ！」

唇を噛みしめて、首を振った。

見下ろしていた久保田が、にっこりと笑って覆いかぶさってくる。

「嫌？」

息が触れるほど近くで問われて体がぞくぞくと震えた。

柔らかな低音は心地よさもあったが、鼓膜を変に震わせて、桜町から思考力を奪う。

「あっ……ぅ……」

先端を人差し指で押される。強めに指先で捏ねられて、痛みと、それを凌駕《りょうが》するような快感が走り、びくんと腰が跳ねた。

「うっ……く……──!」

久保田の大きな掌を、また濡らしてしまった。

もう目を開けていられなくて、ただ震える息を断続的に漏らすしか出来ない。

浅い呼吸を繰り返す唇を、もう一度久保田に奪われた。

どちらからともなく開いた唇に、舌が差し込まれる。縮こまっていた舌を吸われ、はむはむと甘噛みされた。

下肢に触れられるのとは違う、柔らかな快感にのけぞる。久保田はそれを追い、優しく舌を絡めてきた。

口蓋《こうがい》を奥のほうから愛撫《あいぶ》するように舐められて、鼻から甘えた嬌声が漏れる。

「桜町、さん」

唇の間隙《かんげき》で名を呼ばれ、んん、と返事をする。

「気持ちいい?　こういうの、好き?」

いいところ教えて、と甘い声で囁かれる。桜町は曖昧に頭を振った。

「わから、ない」

「奥さんとしてたでしょ？　どこが好きか、俺にも教えて？」

「……知らない、こんな……したこと、ない……」

なんとかそれだけ答えて、重くなった瞼を閉じる。圧《の》し掛かった男の体が、ぴくりと強張った気がした。

「え、初めて？」

なにのことを指しているかわからないが、桜町は今までこんな風にぐちゃぐちゃになるまで誰かと触れ合ったことはない。久保田の愛撫と比べれば、自分のしてきた行為は「ただの触れ合い」程度のものに思えてくる。

キスも触れるだけのものしかしたことがなくて、こんな深いものは、話には聞いたことはあるが経験したことはなかった。

――食われるかと、思った……。

飲みこまれるような感覚は不安だったけれど、嫌悪よりも快感を覚えた自分にも気づいている。

「桜町さん？」

疲労が重力のように体を縛り、指一本、動かせる気がしない。

ティッシュで体を拭ってくれたあと、久保田は桜町の体を清めようと濡れタオルを持ってきた。

その頃にはなんとか快感と疲弊の波が引いていた桜町は、脱がされた服を身につけていた。

「桜町さん」

呼びかけに、無意識に体が竦んだ。

落ち着いたらなんだか腹も立ってきて、でも気持ちよくなってしまった自分を思い出して、混乱したまま唇を噛んで俯く。

一体久保田は、なんのつもりでこんなことをしたのか。そう問い質そうとしたが、どう切り出していいのかわからない。

黙りこくっていると、久保田に腕を掴まれた。

「あ、あの……っ」

これ以上なにをされるのだろうかと狼狽した桜町を、久保田は布団に寝かせる。肩まで掛布団をかけられて、目を瞬いた。

久保田は苦笑して、桜町の額を撫でる。

「……けだものですいません」

「は……？」

「具合悪い人に、こんなところで……反省はしてます。でも、いたずらでとか冗談でこんなことしませんから。……それだけは、ほんとですから」

そう言って力なく微笑んで、久保田は腰を上げる。

「今更ですけど、あの、ゆっくり休んで体治してくださいね。ちゃんと、寝てください」

お邪魔しました、と言いながら久保田は桜町の自宅を後にする。ばたんとドアが閉まるのを聞いて、桜町は起き上がり、慌てて玄関へ向かった。

ドアを開けて確認したが、当然久保田の姿はもうない。鍵を閉め、桜町はドアに背中を預けた。

「ちゃんと寝てくださいって……」

唇や指の感触がまだ残っているこの状態で、寝られるはずがない。

意識するとますます熱が上がりそうで、桜町は布団へ戻る。現実逃避をするように、いつまでもごろごろと寝返りを打ち続けた。

翌朝、すっかり体調の回復した桜町は「ご迷惑をおかけしました。お世話になりました」という内容の、簡素なメールを送った。本来なら顔を見て直接言うか、百歩譲って電話というところなのだろうが、不義理を自覚しながらもそれ以上は難しい。

いずれ、直接礼をするつもりでもあるが、今はそれ以上、なにを言ったらよいのかもわからないので、暫定的な対処だ。

——あっちもこっちもお世話になりました……ってなぁ。言えない。とてもじゃないが。礼は言いたいが恥ずかしい。恥ずかしいが礼は言いたい。

そのせめぎ合いの中、作ったのが先のメールだ。送ったはいいけれど、その内容に過不足があったような気がしてならず、今日は一日ずっと、そのことと弥玖の体調のことで頭がいっぱいだった。

弥玖は一晩寝たらだいぶ回復したようだが、念のため今日は保育園を休ませ、実母にマンションで面倒を見てもらっている。就業中に母が写メールを送ってくれていたが、今はすこぶる元気そうだ。

弥玖は夜中に何度か泣き声を上げたが、明け方には穏やかに寝息を立てた。朝にはすっかり顔色も戻り抱き上げてゆらゆらと揺らしてやると、すぐにご機嫌になった。

そして、娘と同様に自分がすっきりしていることもすぐに自覚した。気持ちも、体も、あれほど持て余していたのに、嘘のようにすっきりとしていたのだ。それは、まぎれもなく彼のおかげだろう。

弥玖のために買ったゼリーを手に帰路に就きながら、桜町は上着のポケットに視線を向ける。そこに入っている携帯電話は、会社を出てからまだ一度も鳴っていない。そして、まだ久保田からの返信を受け取っていなかった。

——どういう、つもりなんだろう。

久保田の手や唇の感触を思い出し、桜町は項垂《うなだ》れる。感謝の気持ちが湧かないわけではない。けれど、彼のしたことはあまりに変則的だ。そして、彼のあの慰めに嫌悪感を抱かなかった自分に一番驚いている。

下心があったかどうかは確認していないのでわからないが、礼の言葉を言うには躊躇を覚える出来事だ。

今後、平常心で、ソファで寝起き出来る気がしない。ふとソファで寝ないほうがいいですよ、と昨晩久保田に言われた科白が耳に返った。

頭を悩ませられているが、桜町の帰宅する時間には彼がいないことが救いだ。まだ顔を合わせる勇気はない。

今日も早く寝てしまおうと思いながらマンションへ足を踏み入れる。

「――桜町さん」

エントランスに入ったのと同時に名前を呼ばれて、桜町は顔を上げる。

「く、久保田さ……」

考えがまとまらないうちに対峙したせいで、動揺に固まった。

鏡を見なくても顔が真っ赤になっていることがわかり、桜町は意味もなく首を振る。

久保田は何故かそれをおかしそうに眺め、歩み寄ってきた。思わず後退すると、久保田は平素と変わらぬ口調で「おかえりなさい」と笑う。

「た、ただいま帰りました……」

なんとかそれだけを絞り出し、引きつった笑顔を晒す。

「あの、どうしてここに……おうちのほうはいいんですか」

「今何時だと思ってんすか。ガキは飯も風呂も終わってますよ」

相手は穏やかな声なのに、何故か緊張して桜町は唾《つば》を飲み込む。

久保田は距離を詰め、桜町の目元に触れた。その指がひんやりとしていて、己の緊張を如実に知らせる。

「覚えてます？　前に結婚しましょうか、って言ったの」

「ど……」

どうしてそんなことを、今この場で。

そう訊きたかったのに、言葉が縺《もつ》れて口から出てこない。

久保田は気にする様子もなく、目を細めた。

「法的には無理ですけど、本気だって言ったら……どうします？」

「……え？」

「改めて、ちゃんと言ったほうがよさそうですね」

久保田は桜町の顔から手を引き、鞄を持っているほうの手に触れてきた。

「あなたのことが、好きです」

手の甲を撫でた感触に、思わず鞄を落とす。エントランスに響いた落下音が、やけに頭に響いた。

「俺、桜町さんのこと好きになっちゃったんです。だから昨日、我慢出来ませんでした。

ごめんなさい」

「な、なんで……！　男同士ですよ⁉」

子供が二人もいるのだから、ゲイではないはずだ。それを口にしたわけではなかったが、久保田は即座に「バイなんです俺」とカミングアウトしてきた。

「桜町さんが男と付き合ったことないってのはなんとなくわかってます。でも、全然だめでしたか？」

「いや、ちょっと待ってください！　こ、こんなところで」

よりによってマンションのエントランスでなんの話をしているのかと責めると、久保田は桜町の手を引いて管理人室の裏へ誘導した。こんな場所に二人きりもどうなのかとも思うし、ますます逃げられない状況に追い込まれていることに遅ればせながら気づく。

「……俺に触られて、嫌でした？」

「いやとかそういうんじゃ……ない、ですけど」

散々感じてしまったことを思えば、今更取り繕っても意味がない。けれどどうしようもなく恥ずかしくて、桜町は涙目になる。

「……お、俺のどこがいいんですか。情けないところばかりで」

「最初は、弥玖ちゃんと一緒の姿が可愛くて。お父さんしてるなーって」

菓子パンを顔に乗せた往年のヒーローアニメの歌を歌い、その必殺技を繰り出したところを見られていた。

思えば、彼には痴態ばかりを晒している気がする。

——穴があったら入りたい……。

堪らずに視線を逸らすと、手の甲を彼の小指と薬指が撫でた。ただそれだけなのに、小さな痺れが体に走って、桜町は小さく息を飲む。

「まじめで一生懸命で、ちょっとおかたい感じがツボで。でも笑うとすっごく可愛いから。……あと、恥ずかしがる顔がすっごいタイプなんです」

今まさにそんな顔をしているのだろう。

答えようもない桜町に、久保田は顔を寄せる。

「俺のこと、どう思ってますか？」

息が触れるほど近くで問われ、桜町は震える唇を開く。

「か、考えたことも……ないです。あなたは恋愛対象というよりは、その、俺にとっては初めてのパパ友さんで、コンプレックスを抱かせる相手で」

ただ、それだけで、と声が尻すぼみになる。

躱《かわ》されたと怒るだろうかと思ったが、久保田は破顔した。

「でも、その辺の奴よりは意識されてるってことですね」

「……そう言えなくも、ないですけど……」

含みのある言葉に変わったのが、どちらのせいなのかはわからない。

けれど強く否定しない自分も不思議で、桜町は唇を引き結ぶ。

「好きになってください。俺のこと」

友達という意味でなら、もうずいぶんと好意は持っている。けれど、彼が言っているのは、恋愛としての好意なのだ。

安易に頷くことはできなくて躊躇っていると、久保田は両手をがっしりと掴んできた。

「桜町さんみたいなタイプは、俺みたいな肉食系が向いてると思うんだよね」

肉食系、と心の中で繰り返すと、更に顔が近づいてくる。

「ちょ、待って」

「それとも、他に好きな人とか付き合ってる人、いるんですか?」

「そんな人いません、でも」

「じゃあ俺にしましょう桜町さん!」

「だから待っ……」

制止の声も聞かずに、久保田の唇が再び重なってくる。

誰が来るかもわからないところなのに、と抗議したくて口を開く度に、息継ぎをする度に口づけは深くなった。

もはやこれ以上追い詰められたらまずいと、桜町は男の唇を無言で受け止めるしかない。

「ん、ん」

慣れない深いキスに、たまらなくなって声が漏れる。散々唇を貪ったあと、桜町はようやく体を離した。

「……強引、すぎます」

濡れた唇を拭って非難したが、久保田はまったく悪びれない。確かに男にここまでされて、気持ち悪くもないし、嫌悪は覚えていないのだ。けれど恋愛感情があるかと言われたらわからなくて、受け入れるのには躊躇いがある。

「一人で頑張っちゃう人は、強引で能天気なやつがいたほうが休めますって。それに、待ってたら進展するのに時間すげえかかりそうだし」

「あの」

「待たないよ、俺。全然望みがないわけじゃ、ないよね？」

目を細め、久保田に唇の端を舐められる。

いつものような柔らかなものではない、捕食者のような色を湛えた目で見られて体が竦んだ。けれどそれは、恐怖というのとは少し違う気がする。久保田の問いにすぐ返せなかったのが、その証拠であるような気がした。

「大事にするから、お付き合いしましょう？」

優しい声音でそう言いながら、するよね、とすぐ強引に迫られて、桜町は狼狽える。

ここでイニシアチブを取られたら、この先ずっと立場が逆転することはないだろう。迫ってきた久保田の顔を、桜町は慌てて押し返した。

「お！　……お友達、からで……」

「お友達？」

せめてもの妥協点を口にしてみたが、久保田はふっと笑う。
了解しました、と言ったその唇は、再び友達と思えないようなキスを仕掛けてきた。

ちょっと並んで歩きませんか
step2

「……ん」

洗面所の鏡を覗き込み、桜町征弥《さくらまちせいや》は唇を横に引く。

普段からあまり表情筋を動かすたちではなかったせいか、無理矢理に作る表情はまだどこかぎこちない。慣れれば自然になるはず、と思いながら、桜町はぎしぎしと筋肉を強張《こわば》らせながら鏡の前で笑顔を作る。これがここのところの朝の習慣だ。

一人娘の弥玖《みく》は、桜町が元妻と別れたあとから急に反抗期に入った。

食事中は遊び食べをするようになり、叱《しか》っても意に介さない。いつもどこかしら不満げで、なにかにつけて「いや！」と首を振るようになっていた。両親に訊《き》いたり育児書などを読んだりすると、最初の反抗期ではないか、ということらしく、成長の証《あかし》であるとはいえ、時折本気で落ち込んだりしたものだ。頭で理解するのと、その事実を気にしないかどうかはまた別の話である。

妻と別れた精神的なダメージはもとより、慣れない生活で追い詰められていたのか、桜町は平素から随分沈んだ表情を顔に張り付けていたらしい。

そんな桜町に「笑ったほうがいいよ」と言ってくれたのは最近パパ友達になった久保田《くぼた》一生《いっせい》だ。

笑うと自分も楽になるし、子供も笑い返してくれるようになるのだ、と言って彼は破顔した。確かに彼はいつも朗《ほが》らかで楽しそうに見えたし、彼の子供たちも快活に笑っていたのだ。

そんなにうまいこと行くものか、という気持ちもあったが、桜町が笑顔を作るようになってからは弥玖もあまりむずからなくなったような気がする。なにより、自分の気持ちも楽になったし、前よりもっと、娘が可愛《かわい》く思えた。

——うん、よし。

桜町は軽く頬《ほお》を叩《たた》き、再び鏡の前で表情を作る。まだあまり上手に笑えていないけれど、いつか久保田のようににっこりと笑えたらいい。

そんなことを考えながら唇を弧の形に作る。自分にしては及第点の笑顔を作り、桜町は顎《あご》を引いた。

「よし!」

「とーた?」

足元から声をかけられて、桜町は反射的に背筋を伸ばす。

以前よりもまっすぐ歩けるようになった弥玖が、桜町の足にしがみついていた。二重の大きな瞳《ひとみ》にじっと見つめられて、桜町は引きつりながらも笑い返す。

笑顔の練習を見られるのは気恥ずかしい。桜町は照れを隠しながら、一人娘を抱き上げた。

「弥玖、今日はお父さんが迎えに行くからな? いい子にして待ってるんだぞ?」

「あい」

言っていることが通じているのかいないのか、弥玖は首を傾《かし》げながらも笑顔で頷《うなず》いた。

その仕草が可愛くて、弥玖の丸く柔らかい頬に唇を寄せる。ふわふわの肌触りは心地よく、いつまでも触っていたくなる、と頬ずりした。

自分だけのもの、と思いながらその肌を堪能していたが、不意に思い至って沈む。

「……この子もいつか、嫁に行っちゃうのかぁ……」

二十年は先のことを思って、桜町は悲しみに暮れる。

そんなことを考えるようになったのは、他でもなく久保田の二番目の息子・爽矢《そうや》が「みくちゃんをおよめさんにする！」と宣言してからだ。勿論幼児の言うことなので真に受けることはないのだが。

――それでも心配になってしまうのが、娘を持つ父親の心境だと思うんだ……。

久保田に関しては色々と感謝をしているのは本当だが、娘の嫁取り問題の他に、さしあたっての問題があった。

子供同士ではなく親同士の最大の問題――先日、久保田に告白をされたのだ。

キスもされたし、体にも触れられた。

いかにも押しの強そうな彼は、けれど無理強《じ》いするような真似《まね》はしなかった。告白に困惑して答えられずにいた桜町の、まずはお友達から、という申し出に、それでもいいと譲歩してくれたのだ。

だからこのところ、彼をただの「パパ友達」と呼ぶのは少しだけ躊躇《ちゅうちょ》している。

口説かれたことには戸惑いを覚えたし、困ったのも確かだ。けれど一番は、嫌悪感を持たず、寧《むし》ろ好意的な自分自身に驚いている。

嫌悪感を抱くには、桜町は久保田にだいぶ好感を持っていたし、シングルファザーとして共感もしていた。

――……なんで親子揃《そろ》って口説かれてるんだろう……。俺、男なのに。

返事を保留にしたままだが久保田とはパパ友としての関係を順調に築き上げていて、告白をされて以降も何度か会っている。それどころか休日は今のところずっと、子供同士を一緒に遊ばせたりしていた。

兄の皓也《こうや》は面倒見がいいし、弟の爽矢も弥玖を可愛がっていてくれてありがたいのだが、油断をしているとすぐに父親が「好きです」と口説いてくるのが困りものだ。どうしたらいいのかわからなくて動揺する桜町を、面白がっているふしもあると思う。

「……弥玖、パパがよぼよぼになっても捨てないでくれよ？」

「あう？」

いっそもう二人きりで生きていこう、となにもわからない乳児に縋《すが》ってみる。

きょとんとした弥玖の顔に一瞬でれっとした桜町だったが、その口元を見て目を見開く。

弥玖はいつのまにか、桜町のネクタイを口に咥《くわ》えていた。

もぐもぐと口を動かしながら、薄灰色のネクタイを舐《ねぶ》ったり頬張ったりしている。こまめに洗濯はしているが、口の中に入れるものではないので慌てて引っ張った。

「こら弥玖、ぺっしなさい！」

「やー」

やだやだと手を伸ばす弥玖を引きはがし、桜町は自分のネクタイを摘《つ》まみ上げた。

「朝の忙しいときに、もー……」

先端は弥玖の涎《よだれ》でべちょべちょで、色が変わっている。当然このまましていくわけにはいかないので、替えなければならない。

嘆息をして、弥玖を下ろす。引き抜いたネクタイを洗濯籠《かご》に放り、自室に戻って新しいネクタイを持ってきた。

もう一度鏡に向かい、ネクタイをしめなおして鏡を確認する。背広に袖《そで》を通し、弥玖を抱っこひもに固定して、鞄《かばん》を掴《つか》んだ。

「とーたぁ」

「あ、こら。それは駄目だって」

弥玖が再びネクタイに手を伸ばしてきたので、こっちにしなさい、とおしゃぶりを咥えさせた。

弥玖は一瞬不満げな顔をしたが、ネクタイから手を離した。もぐもぐと口を動かしながら大人《おとな》しくなったので、ほっとしながらも不安になる。

――最近、なんでも口の中に入れるようになったなぁ……。

その中でも一番のお気に入りは、父親のネクタイのようだ。育児書を開けば、子供にはそういう時期があるという記載があったので、生まれる前から子供の手の届く範囲には極力、物を置かないようにはしている。

それでも弥玖は、ちょっと目を離した隙に小さな口の中には絶対に入らないようなものにまでかぶりつき、涎まみれにしてくれるのだ。

保育園の先生方はよく見てくれているし、桜町などよりもよほど子供の扱いは慣れているだろうが、自分の目が届かない場所での弥玖が心配なことには変わらない。

けれど四六時中一緒にいるわけにはいかないので、後ろ髪を引かれる思いではあったが、今朝も愛する娘と離れる決意をする。

以前は娘と二人になることに少々気が重く感じていたこともあったのに、随分と自分のメンタルは成長したようだ。

再び、そのきっかけとなった人物を思い出して、顔が熱くなった。

ぶんぶんと首を振り、拳《こぶし》を握って気合いを入れる。

「――よし。弥玖、保育園行くぞ」

「あい」

桜町家出動、と言いながら、桜町はドアを開けた。

十七時になると同時に、桜町はパソコンの電源を落とし、机の上を整理して席を立った。相変わらず快く見送ってくれる同僚に申し訳なくなりながら、タイムカードを押して保育園に向かう。小学生になる頃には学童保育も利用できるのだが、まだまだ先は長そうだと息を吐く。

保育園の門をくぐると、園庭には保護者がまだ多く残っていた。

弥玖の教室へ向かう途中にも、廊下で輪になって話している女性が四名。重要事の話し合いというより、子供を遊ばせながらの井戸端《いどばた》会議という側面が大きいのかもしれない。飽きて座り込んでいる子もいるが、女性のおしゃべり好きは自分にはわからないことだなと思いつつ、会釈《えしゃく》をして横を抜ける。

桜町が教室のドアを開けると、保育士が桜町に気づき、弥玖を抱っこして連れて来てくれた。弥玖はにこにことしながら桜町にしがみついてくる。頬を緩ませながら、保育士に礼をして退室した。

弥玖を抱きながら抱っこひもと格闘していると、背後から声をかけられた。

「あのー……」

「はい？」

振り返ると、そこには先程すれ違った四人の女性たちが立っていた。皆随分と若く、子供を抱いていなければ学生で通りそうだ。彼女たちに見覚えはなく、桜町は戸惑いながら目を瞬《しばたた》かせる。

「すみれ組の弥玖ちゃんのお父さんですか？」

「今日はパパさんのお迎えなんですかぁ？」

「お仕事なにされてるんですか？」

「今日、おばあちゃんじゃないんですか？」

矢継ぎ早に質問されて、桜町は狼狽《ろうばい》する。ひとまずなにか言おうと、「父親です」と最初の質問の答えを口にした。

桜町の答えに、彼女たちはへえ、と感心したような反応を見せる。その内の一人が、手伝います、と抱っこひもをつける手伝いをしてくれた。

面識のなかった女性に触られて一瞬どきりとしてしまい、そんな緊張を悟られたか、くすくすと笑われて顔が熱くなる。

「どうもすみません」

「いいえー。私たち、子供が弥玖ちゃんと同じすみれ組なんです」

「あ、そうだったんですか。どうもいつもお世話になっております。桜町と申します」

頭を下げると、彼女たちは何故かそわそわとしながら「どうもー」と頭を下げた。

子供の年齢を考えたらそれほど不思議ではないのだが、同じ年の娘の親とはいえ、ママたちがあまりに若くて落ち着かない。

「うちの子たちも女の子なので、情報交換とかできたらいいなあって思ってたんです」

「あの、弥玖ちゃんパパ、よかったら連絡先交換しませんか？」

「あ、はい」

基本的に普段は実母が迎えに行くので、連絡網として活用することはないのだが、なにかあったときのために、娘と同じクラスの保護者と連絡をとれる状態にあるというのは安心だ。

娘の保育園生活がいい方向に向かえば、と思いながら弥玖を見下ろした。ふと、娘の視線が横に逸れる。

「ちゃーちゃ」

「ちゃーちゃ？　ちゃーちゃん？」

なんだそれ、と視線を同じ方向へ向けると、久保田親子がこちらに向かって歩いてくるところだった。爽矢がこちらに気づき、手を振りながら「弥玖ちゃん」と呼ぶと、弥玖はもう一度「ちゃーちゃん」と呼ぶ。

どうも爽矢のことを指しているようだが、不思議に思って娘を見やった。

「弥玖、なんで爽矢くんが『ちゃーちゃん』なんだ？」

名前に共通点がないようなので訊いてみるが、弥玖は答えない。

「桜町さーん！」

息子と同じ顔と仕草で久保田も手を振ってくる。等身大とミニチュアといったそっくり加減にさすが親子、とおかしくなりながら、桜町は会釈を返した。

久保田親子は桜町の後ろにいるママさんたちにも頭を下げ、にこにこしながら傍らに立った。

「こんにちは！　今日は桜町さんがお迎えなんですね。一緒に帰りましょうよ」

「あ、はい」

「じゃあ、みなさんお先に失礼しまーす！」

勝手に仕切り出した久保田に背中を押されながら、慌てて桜町も礼を返す。ママさんたちはぎこちない笑顔を浮かべながら挨拶《あいさつ》を返した。

今日新しく覚えたのか、今まで歌ったことのない童謡を口にしながら爽矢が前を行く。その後ろを、久保田と二人で並びながらゆっくりとついていった。

保育園の門を抜け、並んで歩いていると、弥玖はぶーと口を鳴らしながら久保田へ手を伸ばす。

「ちゃーちゃ」

「あれ、俺もちゃーちゃんなの？」

先程爽矢を呼んだときの呼称を使った弥玖に、久保田が首を傾げた。どうやら相手を認識して渾名《あだな》をつけているのではなく、自分の語彙《ごい》の中から適当に名前をつけているらしい。

「じゃあ皓也もちゃーちゃんなのかな」

弥玖は大きな目で久保田を凝視している。久保田がほっぺたを擽《くすぐ》ると、にこっと笑顔まで見せた。

つられて笑ってみせた久保田に、何故かどきりとする。

「可愛いですね」

「ありがとうございます」

褒められたのは嬉《うれ》しいのだが、妙に据わりの悪い気分になって、桜町は密かに眉《まゆ》を寄せた。

弥玖は、普段あまり人懐こいほうではない。特に男性に対してはそうで、実家の父にすらあまりいい顔はしなかった。

けれど、久保田は例外なのか、惜しみなく愛想を振りまいている娘に心中複雑だ。

——……なんか、もやっとする。

つと久保田が顔を上げ、視線がぶつかる。はっとして、つい顔を背けてしまった。

——なにやってるんだよ、変に思われるだろ。

勝手に熱を持ち始める頬に、桜町は唇を噛《か》む。久保田にじっと見られると、落ち着かない。返事を保留にしながらも、久保田に口説かれたのだと意識して唐突に恥ずかしくなる。

そういうときに限って久保田はなにも言わず、今もただ桜町の顔を見ている気配がした。

「ねえ、俺も！」

唐突に声を上げた爽矢に、桜町ははっとして目線を下にやる。

爽矢は一人だけ蚊帳《かや》の外にされているのが不満なのか、父親のジーンズを引っ張りながら「俺も！　俺もみくちゃん触る！」と足元でねだっていた。

息子のおねだりに、久保田は微妙な顔をする。桜町が抱っこをしているので、爽矢は久保田に抱き上げられないと弥玖には触れない。

「ええ？　今ここでじゃなくていいだろ。後にしろ、後に」

「やだ、今！」

なんの緊急性があんだよ、と呆《あき》れながら、久保田が桜町を見やる。

「触らせてもらっていいですか？」

「あ、どうぞ」

除菌シートで手を拭き、父親に抱き上げられた爽矢が、弥玖に手を伸ばす。

先程と同じようにちゃーちゃ、と弥玖が呼ぶと、爽矢は「そーやだよ、そ・お・や」としきりに自分の名前を呼ばせようとしていた。

どうも、自分の名前をちゃんと呼んで欲しいらしい。けれど弥玖は満面の笑みを浮かべながら「ちゃーちゃん」と呼んで爽矢を落胆させていた。爽矢は父親の腕から降ろされ、少々拗《す》ねたように前を歩く。

「……桜町さん」

「はい？」

「さっき、ママさんたちとなに話してたの？」

笑顔で問われて、桜町は彼女たちが弥玖と同じクラスに園児を持つ保護者であること、その縁で連絡先を交換、と言いさしてはっとする。

「そうだ！　連絡先！　結局交換しなかった！」

久保田に帰宅を急《せ》かされて、すっかりと忘れてしまっていた。また自分がお迎えに行くのは先だろうから、完全にタイミングを失ったかもしれない。

桜町は自分から聞いてきたくせに、ふーん、とつまらなそうな声を上げる。

「未遂ならまあいいか。でも、男があんまり不用意に女の連絡先訊いたら駄目だよ」

まるで下心がありそうだとでも言いたげなその言い方に少しむっとして、桜町は言い返す。

「でも保護者同士だし」

確かに、園の行事は平素実母に任せっぱなしなので、桜町から彼女たちに連絡する用事はまずないと言っていいだろう。もし弥玖になにかあったり、園の行事でなにか入用になったりした場合は、職員か実母から連絡がくる。

久保田の言うとおり、使う機会はあまりなさそうだ。だが、番号の交換自体がサラリーマンの名刺交換にも似た、保護者同士の一種のコミュニケーションの取り方なのだろうと思うのだ。

そう伝えると、久保田はじっとこちらを見つめ、嘆息する。

「勿論そうだよ。でも、こういうのは桜町さんにもママさんに下心がなかったとしても邪推する人はいるんだから、もっと気を付けてって話」

不穏なことを言う久保田に、そういう可能性があるとはまったく思っていなかっただけに、少々尻込《しりご》みしてしまう。自分だって仲良くしているじゃないかとは思ったが、もしそういう事態になった場合、久保田ならばうまく対処出来そうではあった。一方自分はというと、少し自信がない。

何故か怒ったような顔をする久保田を不思議に思いつつも、父親として先輩である彼からの言葉に桜町は頷いた。

「……気を付けます」

「ていうか、なんか下心ありそうだったし」

「ありませんよ失礼な！」

勝手に緊張はしたが、そういう意味では彼女たちと接してはいなかった。言いがかりだと睨《にら》めば、久保田は大仰に溜息《ためいき》を吐く。

「いや、桜町さんがじゃなくてね……」

気にしないでください、と不可解なことを言う久保田に、桜町は眉を寄せる。

「そもそも、久保田さんならともかく、自分はあまり恋愛沙汰《ざた》に関しての心配はないと思うんですけど」

今も昔も、それほどもてる男ではないのでそう言うと、久保田が苦笑した。

「それ、俺に言いますか」

「え？」

まさに恋愛沙汰の渦中だったと、桜町は口を噤《つぐ》んで誤魔化した。若干の気まずさを覚えながら並んで歩いていると、久保田がふと桜町の胸元を指さした。

「あ」

なにかあっただろうかと久保田の指を辿って視線を下げる。弥玖がネクタイを掴み、あー、と大口を開けていた。

慌ててネクタイを取り上げる。

「めっ」

「ぶー！」

頬を膨らませて叱った桜町に、娘もぷーっと頬を膨らませる。傍らの久保田がぶっと吹き出した。

「あ、ご、ごめんなさい。弥玖ちゃんに食われちゃうとこでしたね」

「そうなんです、もーほんと困ってて……実はこれも今日二本目で」

一本目は弥玖の涎で駄目にされてしまったので、藍《あい》色のストライプ柄のネクタイに変えていた。

「へえ。似合ってますね。素敵です」

「あ……ありがとう、ございます」

そうじゃないだろ、と思いながらも面と向かって褒められるのは面映《おもは》ゆく、つい口元が引きつってしまう。この程度で照れるほうが恥ずかしいが、平静を装うのも桜町には難しい。慌てて視線を外し、口を開く。

「気が付いたら弥玖の涎まみれで。ネクタイに限った話じゃないんですよね。最近なんでも口に入れちゃって……」

　弥玖の口元を撫《な》でながら、桜町は溜息を吐く。久保田は「ふむ」と頷いて自分の下歯に指をかけた。

「歯の生える時期？　にしてはちょっと遅いから違うかな？」

「あー。弥玖は、八か月くらいで最初のが生えたような……」

　タイミングよく「あ」と口を開いた弥玖は、切歯だけが上下生え揃っている。今更歯茎が痒《かゆ》い、と言うことでもないだろうとその口元をタオルで拭いてやった。

「ものを確認するのに口を使うみたいですけどね。あんまり気にすることではないみたいですけど、親としてはやきもきしますね」

「そうなんですよー……」

　外遊びは結構頻繁にしているので、一瞬たりとも目が離せないなと肩を落とす。

「いろんなもん涎まみれにされちゃうけど、それが保護膜がわりみたいなもんらしいから、しょうがないよねえ」

「久保田さんのところも……？」

　久保田は、怒るからあんまり本人の前では言えないですけど、と声を潜める。

　どうやら、上の皓也のほうが同じ癖を持っていたらしく、三歳くらいまでは色々大変だったらしい。同じことをしていた子が身近にいると知って、桜町はほっと息を吐いた。

「ネクタイって肌触りいいから、気にいっちゃったのかな？」

ねえ、と久保田に問われて、弥玖は首を傾げる。

「予防としておしゃぶりを与えてはみてるんですけど、あまり好きじゃないらしくて」

大人しく咥えてくれることもあるが、機嫌が悪いと十秒も経たないうちに吐き出してしまうのだ。

「手の届くところにものは置けないし」

「あーわかります。あと掃除の回数増えません？　俺、皓也が赤ん坊の頃が一番部屋綺麗《きれい》でした」

話しながら、自然と笑っている自分に気が付く。

共感できる話題があることが嬉しい。これまでだったらただ悩むだけ悩んでいたことでも、こうして久保田に話すと、気負いが消えていくような気がした。

自分ばかりが頼っている気もするが、久保田も同じように感じていてくれたら嬉しいと、桜町は思う。

「——ねえ、桜町さん」

「はい」

「手、繋ぎません？」

「ええ？」

脈絡のない誘いに、桜町は目を剥《む》く。子供もいる前で、それも道のど真ん中で突然なにを。

内心動揺していると、久保田は少しだけ前方を歩く爽矢に「仲良しとは手を繋ぐんだも

んなー」と声をかけた。

それは子供同士の話でしょう、と反論したかったが、振り返った爽矢が桜町の顔を見ながらにぱっと笑った。

「うん！　なかよしは手ぇつなぐ！」

ほらね、と答えた久保田と桜町の間に入り、爽矢が勢いよく手を繋ぐ。

「……あれ？」

「なかよし！」

爽矢は桜町と久保田の間でぶらさがるようにしている。

「援護射撃かと思ったら、意外な落とし穴だよ息子よ……」

本気でがっくりとしている久保田に、桜町は思わず吹き出してしまう。

「あ、すいません」

「いや、いいんですけどね。これはこれで。ていうかすいません、うちのが図々《ずうずう》しくぶらさがっちゃって」

「いえ、こっちは全然」

父子家庭なのでこんな風に手を繋ぐ機会があまりないのか、爽矢は満足そうだ。

二人で高く持ち上げると、きゃあきゃあと嬉しそうに足をばたつかせた。

家に着くと、爽矢は少々寂しそうに手を離して、桜町にぺこりと頭を下げる。先に手洗いとうがいをしてきなさいと父親に言われて、名残おしそうに玄関へ向かった。

爽矢は家の扉を開ける前に振り返り、再度父親の元に戻ってくる。そして、父親ではなく桜町のほうにもの言いたげな視線を送ってきた。

「どうした？」

久保田が問うと、いつもは活発な子が、父親の足元に縋りながらもじもじと口を開く。

「……あのね、弥玖ちゃんのおじさん」

桜町が首を傾げてしゃがみ込み、目線を合わせると、爽矢はぽっと頬を染めた。

「また、さっきのしてくれる？」

「さっきのって……ああ、いいよ」

「ほんと⁉」

三人で手を繋いだのがよほど嬉しかったのか、爽矢は顔を輝かせて桜町に抱きついた。

どうもスキンシップの激しい親子だなと思いながら、桜町は軽く小さな体を抱き寄せる。

くふふ、と恥ずかしそうに笑いながら、爽矢は家の中へと走っていった。

それを眺めながら、久保田は拳を握っている。

「爽矢め……俺を出し抜いて俺の桜町さんに触ったな……」

「……いつからあなたのになったんですか」

少々呆れながら言えば、久保田は冗談ですよと笑った。

「でも、子供には負けてられませんからね」

「はい？　……わっ」

久保田に腕を引かれ、彼の右掌《てのひら》と自分の右掌をぴたりとくっつけられる。指を絡めるように握られて、桜町は目を丸くした。にぎにぎと手を動かしながら、久保田が顔を近づけてくる。

「俺、お友達で終わるつもりありませんからね」

「え」

笑顔でそう宣言し、久保田は桜町の頬に唇を寄せた。

頬に柔らかな感触がし、ちゅっと音を立てて離れていく。

一瞬呆気《あっけ》にとられ、我に返って身を離したが、腕を引っ張られて距離を縮められた。

いくら日が落ちているとはいえ、家の前で一体なにをと動揺し、硬直する。

「『お友達』なんだから、ほっぺにキスくらいいいでしょ？」

先程の手を繋ぐのとはわけが違う。それは決して普通ではないのに、何故か反駁《はんばく》出来ずに桜町はただ顔を真っ赤《か》にしてぱくぱくと口を動かした。

先日告白されたせいか、普通の「友達」とは思っていないし、思えない。

かといって、彼を避けることも嫌うことも出来ないのは、彼とのやりとりを心地よく、楽しく思っているせいだ。

黙ったままの桜町に、久保田は一歩距離を詰めた。

「拒まないと、調子乗っちゃいますよ？」

「調子って」

「……俺の言葉に迷うくらいには好意的、ってことでいいんですよね？」

いつもと変わらないようでいて、少し熱を孕《はら》んだ声にぎくりとする。

改めて問われると否定のしようもなく、けれど肯定するには少しだけ勇気が要《い》って、桜町は当惑する。

「——あー！」

緊張した空気を破るように、桜町の腕の中でずっと二人の様子を見ていた弥玖が、両手を上げた。唐突に立ち消えた緊張感に、久保田がずるっとずっこける。

申し訳ないがほっとして、桜町は久保田から視線を外し、娘の顔を覗き込んだ。

「ん？　どうした弥玖」

ん、ん、と言いながら手を伸ばす弥玖に顔を近づけると、先程久保田がキスをしたほうとは反対側の頬に、キスをしてくれた。キスと言うよりは吸い付くという表現のほうが合っているが、愛娘からのキスについ相好が崩れてしまう。

「弥玖……！」

単に久保田の真似をしてみたかっただけだとは思うが、単純に嬉しい。

たまらなくなって弥玖の頬にキスをし返していると、対面の久保田が重々しい溜息を吐いた。

「せっかくアプローチしたのに、弥玖ちゃんに全部持ってかれちゃった……」

がっかりだよ、と久保田は本気で落ち込んだように肩を落とす。先程までの張りつめたような空気は既になくなっていて、桜町は内心安堵してしまった。

その様子を見て、久保田は勢いよく腕を引っ張り、咄嗟《とっさ》に身構えた桜町の頬に、再び触れてくる。

離れ際に首筋を撫でられて、桜町は慌ててそこを手で押さえた。

「く、久保田さんっ」

「対抗意識燃やしてみました」

きっと真っ赤になっているであろう桜町の顔をにこにこと見つめながら、久保田は手を振った。

「じゃあまた」

焦《あせ》る桜町を尻目に、まとめに入る男が恨めしい。

久保田はふっと目を細め、固まっている桜町に向かって手を伸ばした。親指の腹で唇を触れられて、思わずその場で固まってしてしまう。

「……もっとする？」

――一体どこに。

「……いいえ、結構です！」

ふと浮かんだ疑問に、我に返って大声で答えると、久保田はそんなに全力で否定しなくても、と小さく笑った。

余裕綽々《しゃくしゃく》な男に翻弄《ほんろう》される自分が、恥ずかしくてたまらない。自分のほうが年上なのに、なにもかも負けていた。

久保田は桜町の唇をそっと撫でながら指を離す。

「じゃあ、そういうことで。おやすみなさい」

桜町の動揺と裏腹に、久保田は何事もなかったように手を振った。

「……おやすみなさいっ」

手を挙げて回れ右をし、返事を待たずに早歩きで自宅へと向かう。

気を付けてね、と背後から声をかけられて、振り返ることも出来ずに歩いた。


翌週、再び母の都合がつかなかったので、桜町は保育園に弥玖を迎えに行った。久保田親子とお迎えの時間がかち合い、自然と帰りも一緒になる。

相変わらず、爽矢は弥玖に名前を呼んでもらおうと躍起になっていたが、やはり失敗してがっくりしていた。

その様子をほほえましく見ていると、久保田が「そういえば」と切り出した。

「先週、弥玖ちゃんがなんでも口に入れちゃうって言ってたじゃないですか」

「あ、はい。今朝もネクタイ一本やられました……」

「まあネクタイは気を付けてもらうしかないですけど、絶対に口に入れちゃ駄目って言っても無理だから、これなら入れていいよってもの作っちゃうってのはどうすか？」

「というと？」

「おしゃぶりじゃ物足りないみたいだし、なんでもかんでも禁止してストレスになったら可哀相じゃないですか。齧《かじ》ってもいいような天然素材とかの積み木があるんですよ。赤ん坊の口には間違っても入らない大きさで、軽くてフォルムが丸いやつ。だから怪我《けが》もしないっていう」

「あ、なるほど。いいですねそれ」

それならば積み木としての使い道もあるし、都合がいい。

どこで売っているのだろうと思案していると、久保田がそれよりと提案してくる。

「買ってもいいけど、手作りとかどうです？」

「手作り？」

「キットもあるけど、材木屋に知り合いいるんで材料安く手に入りますよ。なんならうちで工具も貸しますし、俺でよかったら教えちゃいますよ」

「それは……すっごく有り難いですけど」

あまり手先が器用なほうでもないので、出来る人がそばにいるのは心強い。

顔を見て乗り気なのを察したのか、久保田は具体的にいつにするかとスケジュールを求めてくる。

「あの、でも材料まで用意して教えてくださるって、そこまで甘えちゃって」

いいんですか、と問う言葉を遮って、久保田は「いいのいいの！」と笑う。

「実は、先週のうちに材料用意してもらっちゃってたんですよ」

「えっ」

「見切り発車ですいません。いらねえとか言われなくて、実はホッとしてました。んーと、いつなら大丈夫ですか？」

「あ、ええと……どうしようかな」

互いにスケジュールを確認し合い、ひとまずお互いの休日を鑑《かんが》みて、土曜日にすることだけは決めておく。

「あの、ご迷惑でなかったらうちにいらしてくれませんか？　皓也くんと爽矢くんも一緒に」

流石《さすが》に原材料と工具まで用意してもらったうえに、更に久保田家に押しかける、というのは気が引ける。

桜町の申し出に、久保田は目を見開いた。その顔を見て、図々しい発言だったなと遅ればせながら恥じ入った。

「あ、でもこちらに来る方が手間ですよね、すいません」

「いやいやいや！　是非、行かせてください！」

「でもご迷惑じゃ」

「全然！　好きな人の家に誘われてなんで迷惑なの⁉」

さりげなく告白されて思わず言葉に詰まると、久保田は浮かれた様子で「弥玖ちゃんちにお呼ばれしちゃったぞ～」と息子に近づいていく。

嬉しそうな様子に悪い気はしなかったが、初めてでもないのになあと苦笑した。

爽矢はきらきらと目を輝かせ、父親の脇をすり抜けて桜町に突進してくる。こら危ない！　と叱責《しっせき》する父親におざなりに謝りながら、爽矢は桜町の上着の裾《すそ》を引いた。

「おとまり⁉」

「え？」

「どようび、みくちゃんちにおとまり⁉」

爽矢の発言に、久保田が慌てて駆け寄ってくる。そうして、暴れる爽矢の動きを封じるように、ひょいと肩車をした。

「あんまり図々しいこと言ってくれるなよー、とうちゃん恥ずかしいぞー」

「え、おとまりじゃないの？　ちがうの？」

ぽかんとそのやりとりを見つめていると、久保田が苦笑しつつすいませんと頭を下げる。

「まだ来年の話なんですけど、お泊《とま》り保育がすごい楽しみらしくて」

お泊り保育というのは二人の通う保育園の行事のひとつで、年長クラスの園児たちが保育園に一泊する行事のことだ。

爽矢は現在年中クラスなので、来年に体験する。けれど既に年上の友達から話を聞いているらしく、今から楽しみにしているらしい。

「あんまり家族旅行とかもしないんで、過剰に期待してるっぽいんですけどね」

爽矢は肩車をされながら、不満げに頬を膨らませている。

「……うちでよかったら、お泊りします？」

園行事ではないので特になにか楽しいイベントがあるわけではないが、それでもいいのならと提案してみる。

桜町のお誘いに、爽矢が「父ちゃんも一緒!?」と問うた。

「うん、もちろん」

子供だけを泊めるほうが一般的なのだろうか、と言ってしまってから気づいた。久保田も、びっくりした顔をしている。

泊まってくださいというほうが逆に負担になるかもしれない。前に実母の所有する育児雑誌に、お泊り系はトラブルになりやすいと書いてあったことを思い出してどきどきする。

――パパ友付き合い自体が初めてだから、うまい距離感の取り方がわからないな……。難しい。

積み木の作り方も教えてもらうことだし、材料費などの謝礼とは別に料理などもきちんと用意しておもてなしをすれば大丈夫だろうか。

「……あの、でも久保田さんのご都合が合えば、ですけど」

久保田が反応するよりも先に、爽矢が諸手を挙げた。

「やったー！　おとまりだー！」

　爽矢の声に反応するように、久保田もはっとして居住まいを直す。半ば落ちそうになった息子の足を支えながら、いいんですかと確認された。

「ご迷惑じゃありません？」

「とんでもない。ただ、本当になにもないですけどそれでよければ」

　桜町の答えに久保田はにっと笑い、手を挙げて肩に乗せていた息子と手を合わせるように叩いた。

「いえーいお泊りだー！」

「いえーい！」

　大したことではないのに、そこまで嬉しそうにされるとなんだか恐縮してしまう。

　久保田親子はおとまりおとまり、と節をつけて歌いながら走り出す。

　はしゃぐ久保田親子に、弥玖が大きな目を瞬いていた。

「あの、本当になにもお構いは出来ないですよ？　うちは普通の家ですし」

　管理人相手に言うのもおかしな話だとは思ったが、必死になって言い募る。

　久保田は爽矢を肩からおろしながら振り返り、親指を立てた。

「いいんです、おうちに呼んでもらえただけで嬉しい！」

「なら、いいんですけど……」

　普段から掃除はまめにしているが、男の子が遊んで面白いものはないし、と今更不安になってくる。

ある程度話を詰めた結果、お泊り会は翌週土曜日の午後二時頃に桜町のマンションへ直接来てもらうことにした。

今週の土曜日は、久保田にどうしても外せない用事があるらしい。爽矢は残念がっていたが、掃除や布団干しなどの準備が出来るので日程をもらえるのは助かった。

「――じゃあ、ここで。弥玖ちゃん、ばいばい」

「弥玖ちゃん、ばいばーい」

「ほら弥玖、ばいばい」

久保田の家の前で別れの挨拶をしていると、がらりと玄関戸が開いた。顔を出したのは久保田と年の変わらないくらいの若い男性で、こちらに気づいて「あ」と声を上げる。

「やっちゃーん」

一瞬誰だろうという疑問が浮かんだが、爽矢が飛びついたのを見て、以前河原で会った久保田の元義弟だと気が付く。

彼が来ていることは久保田も知らなかったのか、目を丸くしていた。

「漆原《うるしばら》、どうしたんだよ」

「会社で大量に枇杷《びわ》もらったからおすそ分けに来たんだよ」

そして、ちらりと桜町を見て、うっすらと笑みを浮かべた。

綺麗な笑顔なのだが、どこか違和感を覚える。けれどそれがなにかと思い至る前に、漆原がにこやかに挨拶をしてきた。

「どうも、先日はちゃんとご挨拶もしませんで。俺は、漆原億人《やすと》って言います。億万長者の億に人って書いて、オクトじゃなくてヤストと読みます。皓也と爽矢の叔父です」

「あの、桜町と申します。娘が爽矢くんと同じ保育園に通っていて……」

「知ってる。あとこいつの勤め先に住んでるんでしょ」

紹介などいらないとばかりに、漆原が笑う。

久保田の元妻の弟は、皓也と目元が似ているような気がした。先日、「元妻から捨てられた」と聞いたばかりだったし、今現在久保田に口説かれていることを思うと狼狽してしまう。

なんだか居心地が悪くなって、桜町はじゃあこれでと頭を下げた。

「あっ、俺も一緒に。駅まで行くんで」

え、と言ったのは桜町ではなくて久保田だ。

「じゃあ俺も」

「なんでお前もだよ。じゃあな」

漆原が笑って言いながら、桜町の横に並ぶ。何故か微妙な顔をした久保田を怪訝《けげん》に思いつつ、二人並んで歩き出した。

漆原は綺麗な顔立ちをしていて、久保田と同様に少しノリが軽い人物のようだ。けれど軽薄というわけではなく、弥玖をあやしながらぽんぽんと世間話をしてくる。

今は実家ではなく、三駅ほど離れたところで一人暮らしをしているらしい。甥《おい》たちとはよく遊ぶそうで、一人欲しい、などと嘯《うそぶ》いた。

「――桜町さんも離婚なんですよね？」

訊きにくく、言いにくいことをずばっと訊いて来た漆原に、顔が引きつる。そうです、となんとか平常心で返すと、「なにが原因？」と更に突っ込まれた。

「……性格の不一致ですよ。別にドラマティックな話でもないです。特にもめずに別れましたし」

「乳飲み子抱えて大変でしょ。奥さんに未練は？」

「ないですよ。……もっとも、そんな程度だから別れたのかも知れませんけど」

少々露悪的に言うと、漆原はふうんと相槌《あいづち》を打った。

「一生も未練はないみたいですよ。もっとも、あったところで俺が全力で止めますけど。俺は久保田のほうの味方だから」

その科白《せりふ》は、久保田の離婚事由に関わる話を匂《にお》わせる。

それ以上のことを久保田のいないところで聞くのはどうなのかとそわそわしていると、漆原が笑んだ。人懐っこそうな笑顔なのに、どこか油断ならない感じがする。

「――桜町さんて、奥さんの妊娠中どうしてました？」

唐突に、無関係に思われることを問われて、桜町は首を傾げる。

「どうしてって……？」

自分に出来うる限りのことは、してあげたつもりだ。

上げ膳据え膳にし過ぎて、産科医に注意を受けたこともある。安定期に入ってからは、体重や健康のこともあるので必要以上に世話を焼かないようには気を遣った。

父親教室にも積極的に参加して勉強し、彼女に負担をかけないようにしていたとは思う。

答えると、漆原はそうじゃなくて、と笑った。

「そうじゃなくて、あっちのほう」

「あっちと言いますと？」

「だから、シモのほう」

「シモ？」

反復してから思い至って、桜町は絶句する。つまり、性欲処理をどうしていたか、という質問だったようだ。

――な、なんなんだこの人⁉　なんで急にそんなこと……！

動揺に、顔が熱くなってしまった自分が呪わしい。あまりそういった会話をする相手がいないので、いい年をしてうっかり思春期のように恥じらってしまった。

それを隠蔽《いんぺい》するように俯《うつむ》き、いつのまにか眠っていた娘の顔に、言いようのない罪悪感を覚える。

「いや……あの、別になにも」

「なにもって？　一人でしてたってこと？」

前のめりで問われて、どう答えたものかと唇を引き結ぶ。

猥談《わいだん》など、若い頃ですらあまりしない性質《たち》だったので、こういう会話は慣れない。年を重ねてからこの手の話をするのはますます居心地が悪かった。周囲を気にしながら、桜町は咳《せき》払いする。

「あの、僕はもともと淡泊なほうで……寧《むし》ろ子供が欲しいと思ってから積極的に、その……するようになったくらいで」

「へえー……」

何故別れた妻との床事情を、知り合ったばかりの男に馬鹿正直に暴露しているのだろうかと、恥ずかしさに卒倒しそうになる。

漆原がやけに手元を見てくるのも、変な含みを勝手に感じてしまっていたたまれない。

そんな桜町に気づいているのかいないのか、漆原は更に問いを重ねてきた。

「それまで、奥さんもしたがらなかったんですか？」

「いや、その……」

「寧ろ、奥さんに押し倒されちゃうタイプ？」

「あの、ええと……」

別れた相手とはいえ、流石に相手の女性のことを勝手に言うのはどうだろうと言葉を濁す。

実際、付き合いたての頃から、妻に誘われてすることのほうが多かった。逆に彼女が満足しているのだろうかと不安になることもあったが、そこまでのことは漆原には言えない。

「……と、とにかく、妻が妊娠してるときも産んだあとも、そちらの方面で困ったことは特別ないです」

桜町の答えに、漆原は感心したように相槌を打つ。

「へえ。それで辛くないって、すごいですね。所謂《いわゆる》、草食系男子ってやつだ」

「……男子なんて年じゃないですけどね」

それに、娘が生まれたあとは、没交渉だった。今思えば、彼女が一度も誘ってこなかったからかもしれない。

今更そんなことに気づいているあたりで、己にも別れの要因は多分にあったのだろう。

答えようもなく俯いたままでいると、漆原は更に身を乗り出してきた。

「奥さんが押し倒しちゃうタイプってことはさ、桜町さんて流されやすい人？」

「……さあ、どうですかね」

「淡泊な人って、してるときはどうなんすか？　そのときもあんまり感じないの？　それともしてるときは目一杯やるの？」

天下の往来で、どうして下半身の話をしなければならないのか。

「いや、あの……な、なんでこんな話になってるのかな⁉」

たまりかねて桜町が言うと、漆原はぴたりと口を噤んだ。

一体なんのいやがらせかと睨みつけると、漆原がすっと身を引く。

「あーすいません話逸れましたね」

「逸れすぎだと思う……」

「つい。いや、久保田とうちの姉が別れた原因ってそこにあったんで」

急に先程の話に立ち戻って、桜町は面喰らう。それを久保田のいないところで話すのは、と制止するより先に、漆原が口を開いてしまった。

「ねえ、桜町さん。妊婦がセックスできるって知ってた？」

「……一応。お医者さんからも聞きましたし、父親学級でも」

またしても話の軌道がずれたように思いながらも、桜町は生真面目に返答する。

「そっか。でも、妊婦の嫁が浮気するなんて、思ってもみないですよね」

思いのほか重い話に、覚えず息を飲む。まるで天気の話でもするような声色に、彼が一体今どんな心情で話をしているのかわからなかった。

「そりゃ、妊娠してりゃいくら生でやったって妊娠しないしね。安定期とはいえ、下手すりゃ流れますけど」

一体どういう経緯でそれが露見したのか、流石に尋ねる勇気はない。

自分の身に置き換えたら、これ以上精神的にダメージを食う話はなさそうだ。他人事だというのにぞっとしてしまう。

絶句している桜町に、漆原はふっと笑みを零した。

「桜町さん知ってます？　親権って子供の意志もありますけど、男親と女親、両方が欲しいって言ったときって、離婚原因が女親にあっても、女親に有利らしいんですよ。よっぽどの罪を犯したとかじゃない限りは」

けれど今、久保田は片親で二人の子供を育てている。

つまり、久保田が親権を勝ち取ったか、もしくはもう一方が親権を放棄したか。

どちらだったのかを口にしないのは、目の前にいるのが同じ父子家庭の桜町と弥玖だからだろう。

「子育てって、母親のほうが色々有利だからね」

「……そうですね」

シングルファザーは、シングルマザーに比べ、保障が圧倒的に少ない。

桜町は金銭的な面ではまだそれほどかつかつではないが、やはり時間が足りなくなることも多かった。

「あいつね、見た目はチャラっとしてるけど、結構真面目なやつなんですよ」

唐突な人物評に、桜町は戸惑う。漆原は、目を細めて息を吐いた。

「子供腹にいるのに浮気した姉貴が一番悪いのに、あいつの話、ちゃんと聞いてやってたかなーとか言うんですよ。二人目出来て忙しくしてたから、顔を合わせる時間もあんまなかったし、あっても忙しいとか、あとでとか言ってたかもって」

久保田の発言に、桜町は絶句する。

裏切られたのに、子供より自らを優先させた相手なのに、どうしてそんな風に言えるのだろう。桜町などよりもっと辛い目に遭っているはずなのに。

その気持ちは、敗北感のような、怒りのような、奇妙な意識だった。

「……子供が出来るから、家族のために働くっていうのは、当たり前のことじゃないんですか？　それを責められたら、あまりに立つ瀬がない」

「ねえ？　だからね、うちの家族はみーんなあいつの味方なの。勿論俺も」

だから久保田は、前の仕事を辞め、家族と長い時間過ごせる職に就いたのだろう。

「子供が愛せない」妻を愛せなかった自分が、彼よりもずっと人間が出来ていないように感じて、気分が滅入《めい》った。

「今でも、うちは出来る限りあいつに協力してます。甥っこも可愛いですしね」

「ああ、二人ともいい子ですね」

なにを気に入ったのかはわからないが、爽矢は嫁にしたいというほど弥玖を気に入ってくれているし、皓也はそんな二人の面倒を見てくれている。

ふと気に掛かって、桜町は漆原に視線を向けた。

「……なんで、そんな話を俺にしたんですか」

身内の話をされるほど、どちらとも親しくなったわけではない。身の上話をしたいという人もいるのだろうが、漆原はそういうタイプにも見えなかった。

漆原は首をぐるぐると回して鳴らす。

「桜町さん、俺ね」

「はい」

「ゲイなんです」

ゲイ、と反芻《はんすう》して、ようやく意味を解して桜町は目を剥く。唐突な性嗜好《しこう》の告白に、頭がついて行かず、呆然《ぼうぜん》と立ち尽くした。

「は……？　え？」

どう反応したらよいかわからなくて無言のまま見つめた。何故、それを自分に言うのか。

「で、昔、あいつのことが好きだったんです。俺」

桜町の困惑などどこ吹く風で、更に驚きの発言が重ねられる。桜町はもはや、どうリアクションしたらよいのか判然としない。

これ以上ないほど目を見開いた桜町に、漆原は肩を竦める。

「姉より、俺の方が先にあいつのことを好きになったのに、もたもたしてたら超肉食の姉とあっというまにくっついちゃいました」

漆原は綺麗な顔に微笑《ほほえ》みをのせて、内緒話をするように顔を寄せてくる。

「でもあいつ、男が駄目っていうんじゃないですよね。普通にどっちもいけますから……って、知ってますよね？」

囁《ささや》く声に、どっと汗が噴き出た気がした。

漆原の意図がわからなくて、顔が強張る。久保田が桜町とのことを話したのか、それとも桜町か久保田がわかりやすくなにかを発信しているのか。動揺が過ぎて、頭がぐらぐらした。

そんな桜町の顔を見て、漆原が吹き出す。

「あ、ちなみに俺とは別になにもなかったですよ。俺も、友達の関係まで壊したいわけじゃなかったから」

「……なんで、そんな話を俺にしたんですか」

漆原に問うた声は、狼狽に揺らいだ。漆原は指で唇を撫でて、にこりと笑う。

「桜町さん、久保田と付き合ってる？」

「――え？」

問われて、ぎくりと心臓が跳ねる。速まった鼓動は、なにが原因なのかわからず、桜町は無意識に拳を握っていた。

「付き合ってません。……子供がいて、どっちも男で、付き合ってるもなにも」

なにもおかしくないのに、ヘラヘラしている自分がよくわからない。それでもなんとか否定すると、漆原は蠱惑《こわく》的な笑みを浮かべて「ふうん」と顎を引いた。

「じゃあ、俺が手出ししても構わない？」

念押しをされても、桜町は久保田のことについてなにも関与する権利はない。

彼とはまだ「お友達」なのだ。久保田自身にも、久保田に思いを寄せる相手にも、桜町が口を出す権利はない。

好きにしたらいい、と思うのに、声にならなかった。

困っていたはずの「お友達から」の関係がお友達のままで終わる可能性が大きくなる。それは安堵《あんど》していいはずのことなのに、ひどく惑乱しているのを自覚した。

「下の、爽矢が小学校に上がったら、俺、告白しますね？」

そう宣言されて、桜町は返答することができなかった。自分がなぜそれほど混乱しているのかわからなかったが、男性同士の恋愛沙汰に巻き込まれているからだろうかと理由を付けた。

「……あの、いちいち俺に言わなくてもいいんですけど」

「そ？」

「なんで、そんなこと俺に……」

もごもごと言い募ると、漆原は唇の端を上げ、目を細めた。

「え、だって久保田が好きなのって、あなたでしょ？」

漆原の指摘に、桜町は絶句する。手が震えたのは、一体どういう感情からなのか自分でもわからないうちに、漆原が言葉を重ねた。

「ああ、でもそれ、久保田がそう言ったわけじゃないから吹聴したんじゃないかとか、誤解しないでくださいね」

久保田が自分たちの話を漆原にしたのではないと、そういうことだろう。

二人の間の大事な話を、第三者にはしていなかった。漆原の科白に、知れず安堵の息を吐く。

「……でも、なんでそんなことが」

「ん？　見てればわかるよ」

それほど一緒にいるし、付き合いが長いから、という牽制《けんせい》なのだろう。桜町は覚えず弥玖を抱く腕に力を込めた。

「──でも、あなたは久保田のことが好きではない。そうですよね？」

「それは……」

「俺があいつに告白しようとなにしようと、構わないんですよね？　いちいち言わなくていいって言いましたもんね？」

漆原は、先程桜町が言った言葉を並べ立てる。

「付き合ってもいないし、そもそも男同士。しかも子持ち同士が付き合うはずなんかない。でしたよね？」

確かにそう言ったことに間違いはない。けれど、改めて列挙されると、胸の奥にひどく重たいものが沈む感覚がした。自分の発した言葉なのに、返されてざっくりと傷つく。

「なら独り者でゲイの俺は俺で勝手にしますね。──あ、俺こっちなんで」

話し始めたのと同じ唐突さで話を切り上げ、漆原は駅方向への分かれ道に逸れていった。

「じゃあ桜町さん、またね。気を付けて」

漆原がやけに含みのある言い方をしたが、気づかないふりをして会釈を返す。

家に帰ってから、久保田から「あいつになにか言われなかった？」というメールをもらっていたことに気づいたが、正直に返せなかった。特になにもありませんでしたよ、とだけ返す。

恋愛沙汰に巻き込まないで欲しい、好きにしたらいいと思うのに、その日は何故だか目が冴えてしまって、なかなか寝付くことが出来なかった。


来週、久保田親子を泊めるということもあり、帰宅後は細かなところを毎日掃除するようにしていた。

漆原の言ったことは気になっていたが、それは彼と久保田の問題で、自分には関係ないと言い聞かせることでやり過ごした。

土曜日になり、幼児用のお菓子や日持ちのする材料などを今週のうちに買い込んでおくことにする。

弥玖を背負い、買い物袋を抱えて散歩がてらゆっくりと歩いていると、実母から携帯電話に着信があった。

『茨城のおじさんからとんでもない量のりんごが届いたのよー。今日暇なら取りにいらっしゃい』

果物《くだもの》は弥玖も好きなので、買い物のついでにありがたくもらいに行くことにした。沢山あるなら久保田にもおすそ分けしようか、と思案する。

「もし今ご在宅なら、ついでに渡してこようか、弥玖」

「あい」

わかっているのかいないのか相槌を打つ娘に笑いながら、携帯電話を取り出す。

「あー、ちゃーちゃん」

メール画面を開いたところで、弥玖が声を上げる。

え、と弥玖の視線を追ってみると、前方にいたのは久保田ではなく、皓也や爽矢でもなかった。

——……漆原さん？

あちらも桜町たちに気づき、会釈をする。

「桜町さんじゃないですか。どうもこんにちは」

「あ……こんにちは」

久保田の友人で、元妻の弟、久保田兄弟から見ると叔父にあたる彼——漆原億人は、つい数日前、桜町に宣戦布告をしてきた人物だ。

あれ以来会うのは初めてだが、何事もなかったかのように朗らかに話しかけてくる男に、戸惑いを隠せない。一度は蓋をした感情が、再び顔を出した。

三角関係の一端を担っているつもりはなかったが、それでも向こうは恋敵と認識しているはずで、こうしてけろっとしているのが少々信じられない。

「今日は娘さんと買い物ですか？　いーねえ、パパとお買いもの」

親である桜町に思うところがあるとはいえ、娘に対してはそうではないのか、弥玖の顔を覗き込み、笑顔で話しかける様子に困惑してしまう。弥玖は目をぱちぱちとさせながら「ちゃーちゃん」と呼んだ。

「お、なに？　ちゃーちゃんて俺？」

――弥玖、誰でもいいのか。

血の繋がりはあるので、皓也か爽矢の面影があってそう呼んでいるのか、それとも顔のいい男はみんなちゃーちゃんで括《くく》るのか。

少々苦手に思っている相手なのであまり愛想を振り撒《ま》かれても、と思うがとても言えない。

そわそわとしていると、漆原が顔を上げた。

「今からどこ行くの？　荷物持ってあげるよ」

「え、いえ。お気持ちだけで。今からちょっと実家に行くんで……」

「あ、じゃあどっちにしろそんなに遠くないでしょ。保育園の近くだって聞いたけど」

遠慮しないで、と強引に荷物を持たれてしまった。結局、実家まで漆原と並んで歩く羽目になる。

――ていうか、久保田さんの家に行くんだ。……結構、行ってるのか。

姉の元婚家に遊びに行くというのは気まずくないものかと疑問を持ったが、そういえばもともと友人だったのだと言っていたことを思い出す。

特に共通の会話もなく、頼みの弥玖も眠ってしまった。無言の空間が気まずく、どうしたものかと思いつつ横を見る。既にこちらを見ていたらしい漆原と目が合い、飛び上がりそうになった。

「……そういえば、今度久保田家がお宅にお泊りするんですって？」

「え、ええと」

「爽矢から耳がタコになるほど聞かされました。弥玖ちゃんちにお泊り、って」

よっぽど楽しみにしているのだろう。少々プレッシャーでもあるが、そこまで楽しみにされているのなら、と気合いが入る。

漆原は桜町に顔を近づけ、観察するように見ながら、くっと唇を歪めた。

「もう、桜町さんたらいきなりお泊りだなんて大胆ですね！」

「は？」

一瞬言われた意味を解せず、ぽかんと口を開ける。それほど間を置かずになにを言われたのか思い至って、顔が熱くなった。

「そ……っういう意味じゃありません！　別にあの、お子さんを泊めるってだけの話で、そりゃ久保田さんも来ますけど、別にそういうんじゃ」

ぶんぶんと首を振って否定した桜町に、漆原はけらけらと笑い声を上げた。

「桜町さん、必死すぎてうけるんですけど」

結ぶ。

「っ……」

「冗談ですよ、冗談。まじめな人だな」

ただ揶揄《からか》っただけかと安堵する反面、真に受けた自分がいたたまれずに桜町は唇を引き結ぶ。

「そういう天然っぽさが、久保田をひっかけたのかな？」

漆原はくすくすと笑いながら、人差し指で桜町の唇にちょこんと触れてきた。思わぬ接触に、桜町は「ひゃ」と間の抜けた声を上げてしまう。

慌てて距離を取ると、桜町の唇に触れた指を己の唇に運び、漆原はにっと笑った。

「でもね、油断しちゃだめですよー。ほら、昔から言うでしょ？　男はオオカミだから気をつけろ、ってね」

そうして桜町の唇に触れてきた指に、漆原は音を立ててキスをする。

久保田よりも、なんだか漆原のほうがよほど気を付けないといけない相手のような気がして、桜町は閉口した。

こうしたおちょくるような牽制は、余裕があるからなのか、そうでないからなのか、よくわからない。意図が読めなくてじっと見つめていると、漆原はまた人を食ったような笑みを浮かべた。

「ぼやーっとしてたら、貞操奪われちゃいますよ？」

「……ご心配なく。俺も男ですから」

しかも三十もとうに超えている男だ。いくら告白されたからといって、年下のパパ友を狼だと思うほど自意識過剰ではないし、非力なつもりもない。

バカバカしい、と一蹴すると、漆原が肩を竦めた。

「さっきは俺にあっさり唇触られちゃったくせにー」

よく言う、と茶化されて、あの間接的なキスのようなものは襲われたうちに入るのだろうかと思いながらも眉根を寄せた。

「……あれは不可抗力です」

「不可抗力ねー。ぷぷー」

明らかに嘗《な》めてかかった反応をする漆原に、流石にカチンとくる。反駁しようと口を開いたが、漆原が一足先に話し始めてしまった。

「桜町さんさ、ぜーんぶそうやって言い訳しそうだよね」

軽い口調だが、いやに毒のあるセリフに当惑する。

「キスされても不可抗力、裸にされても不可抗力、つっこまれても不可抗力とか言いそー。狡《ずる》くない？　自分のぼんやりを棚に上げて、なんでもかんでも人のせい。つーか、もしそれ本気で言ってんなら、単に鈍いってだけだよねー」

「……あの、いくらなんでも失礼じゃないですか？」

友人でもなんでもない相手にそこまで言われる筋合いもない。まして、まだ幼児とはいえ、娘のいる前での相応の話題ではない。

そう非難したいのに、先の一言を返すので精一杯だった。

やけに攻撃的なのは、彼が自分を「恋敵」として認識しているからなのだろう。

最近穏やかに風化し始めてきていた久保田への「意識」が急に強くなる。

パパ友としては、だいぶ好ましい。他に育児のことを相談できる父親、しかも自分と同じシングルファザーはいないので、今はかけがえのない友人だとも思っている。

なんとも思っていなかった「お泊り」が、急に緊張に変わってきて、内心狼狽した。

それは嘘《うそ》じゃないのに、
困惑している桜町の耳元へ、漆原は唇を近づける。

「保留中なのは勝手ですけどね。このままお友達のままでー、なんて日和《ひよ》ってるくらいなら、さっさと引導渡しましょうよ。……襲っちゃいますよ」

艶のある低音に、首筋がぞくぞくする。同じ男同士なのにと思う頭もあるのにそんな反応を返してしまうのは、少し変かもしれない。

凍りついたように立ち尽《つ》くしていると、漆原は両手を降参するように挙げて、ぱっと身を引いた。

「黙ってるってことは、いいの？」

「す、好きにしたらいいじゃないですか」

自分には関係ない。そう呟《つぶや》いた声が、無様に震えた。それを悟られたくなくて、平静を装って見返すと、漆原は片目を眇《すが》めて口元に笑みをのせる。

「そんな顔して言っても、説得力ないけど」

「そんな顔って、どんな顔ですか。俺にはなんの関係も」

「言っとくけど」

まだ言い終わらないうちに割り込んできた漆原に、桜町は思わず口を噤む。

「――好きにするよ、マジで。セックスしちゃうよ？」

「こ、子供の前でなにを……！」

慌てて寝ている弥玖の耳を塞ぐと、漆原が失笑した。ずいと距離を詰めて、漆原の指が桜町の首筋に触れる。

「今は、大人の話だろ？」

「……っ！」

首筋から頸動脈《けいどう》のあたりをそっと撫で上げ、耳の後ろに触れていく。たったそれだけのことなのに、なんだか妙に背筋がざわつくような触り方で、桜町は固まった。

触れられた部分が、なんだか熱くなっている気がする。

上目遣いでこちらを見やり、漆原はくすくすと笑みを零《こぼ》した。

「――いい反応」

「っ、あんたなぁ！」

「おっと、あんまり大きな声出すと、弥玖ちゃんが泣いちゃうぞ？」

弥玖、という言葉に慌てて腕の中の娘を見る。弥玖は幸いにして深く寝入っているようで、起きる気配がない。それにほっとしながら、改めて漆原を睨《ね》めつける。

漆原は悪びれる様子もなく、やたらと楽しげに笑っていた。

「ところで、おうちどこですか？」

ころっと話題を変えた漆原に、張りつめていた空気がほどける。いつのまにか詰めていた息を吐き、桜町は目の前に見えてきた実家を指さした。

「もうすぐそこです」

桜町、という表札をかけてある家を指さすと、漆原は「おお」と声を上げた。

「はい、じゃあ荷物お返ししますね」

「……すいません、ちょっと待っててもらえますか」

「え？　はあ」

荷物を受け取って、桜町は実家のドアを開ける。ただいま、と声をかけてリビングに行くと、ソファでテレビを見ていた実母が驚いて振り返った。

「あらおかえり。どうしたの血相変えて」

「別に変えてない。あのさ、りんごって」

「ああ、キッチンのカウンターの上にあるわよ。あと、久保田さんにもお裾分け持って行ったら。袋に入ってるから」

母親が言いきらないうちに、桜町はキッチンへ足を踏み入れる。二重に重ねた買い物袋が二つあり、多く入っているほうを手に取った。そうして、小さなほうからりんごをひとつ手に取り、同じ勢いで玄関を出る。

入り口で携帯電話を弄っていた漆原が顔を上げた。

「なにそれ」

「りんごです。久保田さんへのお裾分けですので、ついでに持って行っていただけます?」

「はあ……でも、いいんですか直接渡さなくて?」

今顔を合わせたら、なんだか久保田によけいなことを言ってしまいそうな気がするのだ。漆原と並んでいるところを見たら、さらに腹が立ちそうだった。

「いいんです別に。よろしくお願いします。あとこれは漆原さんに」

どうぞ、と桜町の家の分からひとつ取ったりんごを渡す。漆原はそれを受け取って、ぷっと吹きだした。

「え、わーうれしい。やっさしい」

やっぱりどこか馬鹿にされていると思いながらも、桜町は口を噤む。

「敵に塩ならぬ、りんごを送っちゃうんだ」

「別に敵でもなんでもないですから」

桜町の返答に、なにがおかしいのか漆原は笑い声を上げる。

「うん、まあそうね、そうですね。じゃあ頂きます。ありがとうございます」

りんごに音を立ててキスをして、漆原は手を振って去っていった。

やけに苛立《いらだ》った気持ちで家の中へ戻る。すぐに戻ってきた桜町に、母親が「りんごは？」と訊いてきた。ちょうど親戚筋の人がいたから持って行ってもらったと言うと、母親にひどくお小言をもらってしまった。

それを黙殺しながら家を出て、いらいらと自宅マンションへ向かう。途中、さしかかった久保田の家は早歩きで通り過ぎた。

なんだか、漆原に触れられた場所が気になってきて、首筋を擦る。男相手に、と思うのに、なんだかひどく気恥ずかしい気持ちがして、桜町は唇を引き結んだ。

――……あんな風に、久保田さんに触るのか……？

セックスをする、と宣言までしていた。あれだけじゃなくて、もっとすごいことをするのだろう。まるで思春期の少年のように、想像だけで動揺してしまっている自分に気づいて桜町は頭を掻《か》きむしる。

久保田の息子が小学校に入ったら、などと言っていたが、もしかしたらその前に言ってしまうかもしれない。

――そうしたら、あの二人……付き合うんだろうか。

瞬間、ぎゅ、と鳩尾《みぞおち》のあたりが締め付けられて、顔を顰めた。

久保田からの告白を、大歓迎していたわけではない。寧ろ、今の友達関係が崩れるかもしれないと、困っていたはずだ。折角、初めてのパパ友で、色々な情けない姿を晒《さら》して、桜町よりも年下なのに、それでも呆れずにいてくれた人だ。

だから、きっとほかに恋人が出来れば、つつがなくその関係を続けられる、はずなのだ。

――じゃあ、いいじゃないか。

そう考えてみる度に、なんの問題もないはずなのに、しつこく不安に似たなにかが胸を締め付ける。

「とーた……？」

いつのまにか目を覚ましていた娘が、不安げに桜町を呼ぶ。

「ん？　どうした？　お父さんは大丈夫だぞ？」

にこ、と笑顔を作ってみせると、弥玖はそれでも眉尻を下げて、桜町のシャツを掴む。

しくしくと痛み出した胸を怪訝に思いながら歩いていると、久保田から電話がかかってきた。

ぎくりとしつつも、平静を装って電話を取る。

「……はい」

『あ、桜町さん？　久保田です！　さっきりんごいただきました。ありがとうございますー』

電話の後ろで、皓也と爽矢が「ありがとうございまーす！」と言うのが聞こえる。それを微笑ましく思ったが、同じ空間にきっといる男を思い出して、急に気持ちが萎《しぼ》んだ。

『今ご実家ですか？　近いんだから、直接渡してくれればよかったのに～』

「……明日早いから」

あまり答えになっていない桜町の言葉に、一瞬久保田が止まる。

『あ、急いでた、ってこと?』

「……そんな感じです。それに、漆原さんがいるんだし、俺はいいかなと思って」

『えっと、桜町さん?』

ついあてこするようなことを言ってしまい、はっとする。

久保田は先程のやりとりをなにも知らないはずなのに、余計なことを言ってしまった。

『あの、桜町さん。漆原になにか言われたんですか?』

「いえ、そういうことじゃなくて」

別に桜町に後ろ暗いことはなかったが、先ほどの話を漆原に暴露されても困る。

これ以上、桜町と恋愛的な話はしたくないのだ。

『桜町さん』

「本当になんでもありませんから。あの、そろそろうち夕飯の準備があるので失礼しますね」

『桜町さ……──』

強引に話を打ち切って、桜町は終話ボタンを押す。まだ真っ昼間だというのに、しかも道を歩いているというのに、ひどい言い訳だ。

かけなおしてくるのではないか、と思ってそわそわしてしまったが、結局久保田からの着信はなかった。

束の間安堵したものの、今度は漆原に問い質していたり、問い質された漆原がいらぬことを言ったりしていないかと気になってくる。

――気にするくらいだったら、余計なことを言わなければいいのに……我ながら小心者で腹が立つ。

なにを察したか、弥玖が「とったぁ、よしよし」などと言うものだから、ますます情けなくなって、桜町は深い溜息を吐いた。


疑問を口に出せなかった分、もやもやはずっと尾を引いて、久保田家が泊まりにくる当日になっても桜町の心の中で蟠《わだかま》ったままだった。

一週間、ずっと悩んでいたが、結局次に久保田から連絡が来たのは昨日、「明日はよろしくお願いします」ということだけだったのだ。

――……別に、なにもないならそれはそれでいいんだけど。

それこそが望んでいたことだったはずだ。それなのに、なんだか落ち着かない。

今日も、朝から念入りに掃除も済ませ、客用の布団も干した。夕飯の仕込みも済ませて、やることがなくてさらに掃除を始めてしまう始末だ。

準備を万端に整えて、十四時を少し過ぎた頃、インターホンが鳴った。

お客が珍しいからか、弥玖が先に玄関へと向かってしまう。

慌てて後を追いかけ、オートロックを開けて迎え入れると、久保田親子は大き目の荷物を持って立っていた。

「こんにちは」

久保田の顔を見て、気持ちが不安定に揺れたが、なんとか立て直す。思ったよりも、久保田を目の前に緊張していた。

「こんにちは、いらっしゃい。どうぞ」

笑顔でいつも通り挨拶ができたことにほっとする。

最初に挨拶をしたのは長男の皓也で、彼は畏《かしこ》まった表情でぺこりと頭を下げた。

「今日はお世話になります。おま……おねま？」

「『お招きに預かりまして』。無理して難しい言葉喋《しゃべ》るなって」

祖母に教わったらしい口上を覚えきれていなかったらしく、皓也は難しそうな顔をする。

弟の爽矢は、兄の気遣いなどはどうでもいいらしい。玄関先に立っていた弥玖のところに真っ先にかけ寄った。

「みくちゃんいたー」

「爽矢、お前はお邪魔しますくらい言え！」

父親の叱責におざなりに「おじゃまします、しまーす」と応えて、爽矢は弥玖の手を取って先に行ってしまった。

子供たちの様子が微笑ましくて、思ったよりも緊張していた心が解《ほぐ》れる。

「すいません……躾《しつけ》が出来てなくて」

「いえ、楽しみにしてもらってたみたいで嬉しいです。皓也くんも畏まらないで、どうぞ」

笑いかけると、皓也は少し恥ずかしそうにしながら、おじゃましますと頭を下げた。

子供たちにおやつを与えている間に、久保田は大きな荷物のひとつを広げた。本来の目的であった積み木作りの材料が入っている。

「本当は庭とかベランダで出来ればいいんですけど、マンションのベランダでやるのはちょっとまずいので室内でやりましょう」

代わりにと、久保田は少し大きめの養生シートを持ってきてくれた。木を削った粉末が飛ぶとまずいので、子供たちは少し離れた場所で遊んでいてもらう。

白っぽい木材を手に取って嗅いでみると、覚えのある匂いがした。だが名前は出て来ない。

「これって、なんの木ですか？」

「これ、檜《ひのき》です。いい匂いでしょ？　軽いけど耐久性も耐水性もあるんでこれにしました。いろんな形に出来たらいいんですけど、今回は慣れてないんで三角と四角くらいにしましょうか」

知り合いから譲ってもらったという木材を、小型のレシプロソーを使って切っていく。久保田が一度だけ見本を見せてくれて、扱いの注意点を教えてくれる。

工具を持つこと自体が高校の授業以来だったので、おっかなびっくり使いつつ、なんとか材料を切り分けた。

形は歪《いびつ》だったが、やすりを使えば問題ないよと言われながら、黙々と木片を作っていく。桜町が格闘している間、久保田は切り分けた木片にやすりをかけてくれていた。その手つきが手慣れて見えて、感心する。

なんとか材料を切り終えて、桜町もやすりがけに取り掛かると、切ったもののほとんどが角を丸く削られていた。

怪我をしないようにという配慮か、と感心しながら、表面を滑らかにするためにサンドペーパーをあてる。

木片の中には久保田が見本として作ってくれていたものも混じっていた。元々不器用な桜町に比べ、久保田の作るものは綺麗な形をしているので一目でわかってしまう。

「……器用ですねえ」

「いえいえ、そんなこと」

手元に切り終えた木片を並べてみたが、やはり桜町のものは切り口ががたがたで、まっすぐ切れていない。

「全然違いますよ……いやになります、不器用で。ほんとに」

久保田は親子揃って器用らしく、羨《うらや》ましくなる。弥玖に不器用遺伝子がいっていないことを祈るばかりだ。

「いやあ、慣れですよこういうのは。俺はこういうの作るの結構好きなたちなんで、それもあるかもしれませんけど」

「ほー……」

小さな頃から図工や技術の授業が苦手で、プラモデルを作るのすら苦手だった桜町は、それだけで感心してしまう。

「それにね、弥玖ちゃんはお父さんが作ってくれたなら、ちょっとくらい歪んでたってきっと喜んでくれますよ」

穏やかに微笑む久保田に、何故か胸が早鐘を打つ。そんな自分に動揺しながら、桜町は頬を掻いた。

「そう、ですかね」

「そうですよ」

「……うん、頑張ります」

よし、と気合いを入れて積み木に向かう。必死に削っていると、いきなり頬にキスをされた。

「……っ！」

慌てて身を離し、背後にいる子供たちを確認する。三人は親に背を向けて、仲良く子供向けのアニメを見ていた。ほっと息を吐き、桜町は久保田を睨みつける。

「なにするんですか……！」

声を潜めて責めると、久保田は悪びれなく肩を竦めた。

「油断して顔を近づけるほうが悪いんですー」

しれっとしながら上唇を舐める久保田に、桜町は動揺する。

反論することも出来ずに、やすりを手に取った。ごしごしと木を擦りながら、このままでいいのだろうかと思う。

迷惑なら突っぱねればいい。それをせず、キスされて困りもしない自分は、結構彼のことを好きになってしまっているのだろう。

けれど、それは恋愛関係が成立するような気持ちなのか、まだ判断がつかない。

一人でいるのが寂しいだけではないのか。

寄りかかってもいいよと言ってくれるような相手を得て、その厚意に甘えて、縋っているだけではないのだろうか。

――それに。

やはり、漆原のことが気にかかる。

不可抗力という言い訳は狡いのではないのか、と彼の責める言葉が蘇《よみがえ》る。

彼は結局、久保田になにを言ったのだろうか。なにか、伝えたのだろうか。

卑怯《ひきょう》な真似をしている気がする。久保田に気がないと言っていて、頬とはいえ、キスを受け入れてしまっているのだ。爽矢が小学生になるまで待つと言っていた彼を、騙《だま》しているような気がして、良心が痛む。

「……桜町さん？」

いつのまにか手を止めていた桜町を、久保田が不審げに呼びかける。

はっとして、桜町は首を振った。

「なんでもない、です」

自分の気持ちがわからない。けれど明らかにすることに怖気《おじけ》づいて、桜町は黙々と手を動かした。

手作り積み木が出来上がったのは、十七時半を回る頃だった。意外と手間取ってしまったのは、ひとえに桜町の慣れなさと不器用さに加え、余計なことを考えていたことで手が疎かになっていたからだろう。

それでも、初めての手作りにしては上出来かもしれないと、出来上がった積み木を見て悦に入る。丁寧にやすりをかけた檜はつるりとしていて、子供のおもちゃにしては随分綺麗なものだ。丸一日外に干したら、やっと完成になる。

室内が埃《ほこり》っぽくなってしまったような気もするので、念のためにフローリングの床をモップで拭いた。

もろもろの掃除を済ませ、夕飯を食べ始めたのは十八時を回った頃だ。

午前中にクリームシチューを作っておいたので、あまり子供たちを待たせずに食事は始められた。夕食の前に、いつも家でしているからと皓也と爽矢はお膳立てを手伝ってくれた。銘々皿を運んだり、コップの用意をしたりしてくれる。弥玖もその真似をしてせっせとぬいぐるみを運んでいたのが微笑ましくて、つい写真に撮りたくなってしまった。

近所のショッピングセンターで買ってきたパン、グリーンサラダとシーフードとしめじのバターソテーという、あまり手の込んでいない料理だったが、おいしいと言ってもらえてほっとした。

予《あらかじ》め子供たちの好き嫌いを聞いておいたが、口に合うかどうか不安だったのだ。幸い、久保田兄弟には殆《ほとん》ど好き嫌いもなく、どれも綺麗に完食してくれた。

弥玖も普段一緒にいない面子《メンツ》に興奮したのか、いつもよりも食が進み、遊び食べをすることもなく食べきってくれた。

デザートにりんごのコンポートとヨーグルトを出すと、皓也がそつなく「このあいだは、りんごをありがとうございました」とお礼を言ってくれる。先に言われてしまって、久保田が若干決まりが悪そうにしていたのには笑ってしまったが。

風呂は、久保田家から先に入ってもらい、三人が入浴している間に寝室の準備をして、入れ違いに弥玖と風呂に入る。弥玖ちゃんと入りたい、と言われたがそれは流石に阻止した。まだ赤ん坊とはいえ、嫁入り前の娘と他の男を風呂に入れるわけにはいかない。

風呂上がりには、久保田兄弟と一緒に麦茶を飲み、ご機嫌な様子の弥玖を、抱き上げる。

「よーし弥玖、寝ようか」

もう就寝の時間である二十一時を回っている。いつもならうとうとし始める時刻だが、お客がいるので目が冴えているようだ。

ベビーベッドに寝かせようとすると、今までにこにこしていた弥玖が、ここにきてぐずり始めた。

「なんだ、弥玖。どうした？」

「うー」

いやいやと首を振って、弥玖が皓也と爽矢に手を伸ばした。二人は顔を見合わせ、弥玖の小さな手を握る。弥玖は唸りながら、二人をベビーベッドのほうへ引っ張った。

すわ夜泣きコースかと焦ったが、どうも色々相手をして可愛がってくれた皓也と爽矢と一緒に寝たかったらしい。久保田が「二人と寝たいのかな？」と言うと、まるで肯定するように、二人の手を振り回す。

「弥玖、お兄ちゃんたちはそこには寝られないから」

「や！」

離しなさい、と引っ張ると、ぴぎゃー、と声を上げる。父親の手を払ってほかの男の手に縋る娘に少なからずショックを受けてしまった。

「あの、弥玖ちゃんと寝たらダメですか？」

皓也が申し出るのに、一瞬返答に詰まる。

ベビーベッド以外に寝かせるのが初めてだったし、子供たちの寝相もわからないので躊躇したが、曰《いわ》く「死人のように動かなくなる」皓也を真ん中にして、爽矢と弥玖がその両脇に寝るということで合意した。

「流石に僕を飛び越えないと思うから……」

と力なく笑った皓也は、爽矢によく蹴り飛ばされて起こされるらしい。

弥玖が夜中に起こす可能性もあったので、大丈夫？　と訊くと皓也は慣れてるからと笑った。どういうことかと久保田を見ると、苦笑して頬を掻く。

「爽矢のやつ、眠いと不機嫌になるもんで……」

「ああ、なるほど」

桜町の寝室の隣——元妻の部屋に客用の布団を三組敷く。皓也と爽矢ははしゃぎながらその上に飛び乗り、久保田に叱責されていた。

別れてからずっと無人で、家具の一つも置いていない元妻の部屋は、昼間入ったときは随分と埃っぽくなっていた。午前中に掃除を済ませ、一日窓を開けていたので、今は大丈夫のはずだ。

「おやすみ。電気消していい？」

「うん。おやすみなさい」

皓也が布団に入って手を振ったのを確認してから、電気を消す。

久保田家のお泊りに際して、気づいたことがひとつあった。

弥玖が生まれる前、結婚を決めてからずっと元妻の住んでいた部屋は、入ることに少なくない抵抗感を覚えていた。

最後まで元妻を嫌いになることは出来なかった。その分だけ、その部屋に足を踏み入れることは辛い。それは己の未練の証であることもわかっていた。

彼女の匂いがしそうで、面影を追ってしまいそうで、妻を懐かしんでしまったら、一人で赤ん坊を抱えた自分が頽《くずお》れてしまいそうで入れなったのだ。

今回寝室として提供するために入らざるを得なかったのだが、以前のような気持ちにはならなかった。

——案外と、平気になるもんだな。

別れたショックで麻痺《まひ》していた心がほどけたら、ただただ辛くなるのではないかと思っていた。だから、両親が帰って来いと言うのに甘えて、引っ越してみようかと考えたこともある。けれど、いざそうなってみると、存外平気だったらしい。

客を迎え入れることで気がそれていた、ということもあるかもしれないが、それだけ自分の中で整理がついていたのかもしれない。

——なんか、忙しくてそういうことも忘れたというか……傷が治ったのかな。

ぼんやりとしていると、不意に背後から抱きつかれた。

「俺たちも一緒に寝ます？」

「あ、はい。大人組は僕の部屋で」

もうちゃんと布団も用意してあるのだというと、久保田が耳元で笑う気配がした。

「……そういう意味じゃありませんよ？」

「え……？」

体に巻きつく腕が、微かに熱っぽさを持って触れた気がする。思わず身を強張らせると、久保田の腕がぱっと解かれた。

「――冗談ですよ、冗談」

久保田は桜町の肩を叩き、リビングのほうへと向かう。桜町ははっとして、慌てて後ろを追いかけた。

リビングで点けっぱなしだったテレビを、久保田が消す。俄かに静かになった部屋で、桜町は立ち往生した。

共通の話題は保育園の話や育児のことだが、あまりそういった話をする雰囲気でもない。かといって、大人二人でテレビを見るのもなんだし、寝るには少し早すぎる。

手持ち無沙汰になっていると、久保田はソファの前で振り返って嫣然《えんぜん》と微笑んだ。

「さて、大人の時間ですね」

「大人の……」

どういう意味だろうと思いながら、ソファをちらと見やる。

以前はそこで寝起きしていたが、「ちゃんとベッドで寝たほうが体が休まるよ」と久保田に諭されて以来、そこでは寝なくなっていた。

じっと見つめていると、久保田が頬を掻いて笑む。

「なに考えたんですか、桜町さんのえっちー」

「えっ……ち、って」

別にいやらしいことは考えていないぞと反駁しようとしたが、上手く言葉になって出てこない。これではまるで肯定しているようだと思うのに、そう焦れば焦るほどますます言うべきことが思い至らなかった。

あうあうと口を動かしていると、久保田はたまりかねたように吹き出す。

「うそうそ、冗談ですって。桜町さん、年上なのに揶揄い甲斐《がい》あるなあ」

「……どうもすいませんね」

最近どうも年下の男に翻弄されている気がする。ふてくされて答えると、褒めてるんですよと久保田が笑った。どこが褒めているのかと思ったが、反論しないまま口を噤む。

久保田はまあまあと笑いながら、デイパックを取り出した。

「ま、そんな冗談はさておきですね、『大人の時間』はこれですよ、これ」

大吟醸と書かれた一升瓶を持って、久保田がにやりと笑う。

「わざわざ持ってきたんですか?」

「って言っても一本まるっと残ってるわけじゃないんで。飲み切っちゃいましょう」

グラス借りますね、と言って、久保田はグラスを二つ、手に取る。桜町も腰を上げ、流し台のほうへ足を運んだ。

「えっと、ビールもありますよ。あとよかったら洋酒も」

「ありがとうございます。じゃあごちそうになります」

流し台の下から、ウイスキーやリキュールを出し、一緒に運んで行ってもらう。桜町は、冷蔵庫の中から冷えたビールを取り出して、リビングのテーブルまで運んだ。

「あ、つまみとか……」

「乾きものなら用意してきましたよ」

ほら、と久保田はデイパックの中から沢山のつまみを取り出す。

準備がいいなあと感心しながら、冷蔵庫の中から肴《さかな》になりそうなものを掻き集めた。

「オリーブとかチーズとか、あとピクルスくらいですけど……」

「おかまいなく！　ささささ、飲みましょう飲みましょう」

早く早くと手招きされて、ソファに並んで座る。

「じゃあまずは折角のビールがぬるくなるといけないんで」

頂戴しますと言いながらプルトップを開けた缶を、久保田は桜町に渡してくれる。それから自分の分のビールも開けて、「かんぱーい」と缶をぶつけた。

弥玖が生まれてからこっち、飲みに行くこともめっきり減った。同僚も、かつての友人たちも、育児に忙しく、気落ちしている男を酒に誘うことなど出来なかっただろう。

自宅で酒を飲むのも久しぶりだったが、誰かとゆっくり飲むこと自体も珍しくて、少し気分が高揚する。

「桜町さんは、酒強いほう？　弱いほう？」

「弱くは、ないですね。多分」

酒豪とまではいかないが、そこそこ飲むほうだ。会社の同僚からは弱そうなのにと言われるが、最近はあまり飲んでいなかったので、回りやすくなっているかもしれない。

酒が入ったせいか、お互い、次第に口も滑らかになっていく。

久保田は「育児の先輩」ではあったものの、桜町のほうがそこそこ年上だ。子供の頃の話や学生時代の話をするとそれなりにジェネレーションギャップを感じてしまったが、まだ楽しめる範囲ではあった。

とりとめのないことを話しても、意外と聞き上手な久保田は嫌な顔ひとつせず会話をしてくれる。

なんだか楽しくて、桜町は久々によく笑った。なんでもないことでもおかしくなってしまって、変だと思われたかもしれない。

ビールの空き缶が並び、何杯目かの日本酒を口に運ぶのと同時に、久保田に「ねえ」と声をかけられた。

「……桜町さんはさ、俺のことどう思ってる？」

久保田もそこそこ酔っているのだと思う。

少々上気した頬に、とろりとした二重瞼の瞳は、同性から見ても色気があるなあと桜町は感心した。少し年下らしく見えて、可愛いとすら思っている自分に内心笑う。

顔の整っている人間は、性別を超えるなにかがあるのかもしれないと、じっと久保田の顔を見つめる。その形のよい唇が弧を描き、久保田は眉尻を下げた。

「聞いてる？　桜町さん」

「ん？　……んー」

桜町は言葉を濁して首を傾げた。久保田は少々拗ねたような顔をして、だからあ、と口を開く。

「俺のことどう思ってるか、聞かせてください。……今日を逃したら、次いつ訊けるかわかんないし」

言ったところでちゃんと記憶しているのだろうかと、くすりと笑ってしまう。それでもまっすぐに見つめられて、桜町はゆっくりと瞬きをした。

「久保田さんは」

誘導されるままに口を開き、一旦閉じる。

「……初めてのパパ友」

「……そういうことじゃなくて」

焦れるように言う久保田に、桜町はグラスの縁を舐めながら思案する。

今のところ、桜町の中で「久保田」という人間の位置づけとして確定しているのはそれだった。

友達としては好きだ。

けれど、彼が問うているのはそういうことではないとわかっている。

「ん」

いつのまにか伸びて来ていた指で、唇に触れられた。下唇を微かに捲《めく》られ、ふっと息が零れる。

早く言えと促されているのだろう。それはわかっているけれど、酩酊《めいてい》のせいかうまくまとまらない。酒の水面に落としていた視線を上げると、久保田の視線とぶつかる。

「よく、わからないんです」

「なにが」

自分の気持ちが、と口にすれば、久保田は微かに眉を寄せた。

「それはどうして？」

どうして、と復唱し、もう一度深く考え込む。

「……子育てをしているのに、恋をしていいものですか？」

久保田の気持ちを聞いて、戸惑った。それは彼が同性だからということもあったが、結局のところそこに行きついてしまったような気もする。

口にしてみて、自分が一番二の足を踏んでいたものはこれだったのかと確信に至った。

桜町の返答に、久保田は何故か、ひどく驚いた顔をする。それから、先ほどまでより、どこか余裕の表情を浮かべた。

「どうして」

「どうして、って……だから、子を持つ親なら、子育てに専念するべきじゃないのかな、と思うんだけど……親なんだから、子育てに必死になるべきで、それこそ恋愛なんてしてる場合じゃないのかなって」

そう口にしてしまってから、では自分の久保田への態度はなんなのだ、と頭の中で責める声がする。本当に親は恋愛をしないべきであると思い切るのならば、ずるずる引っぱらずに、久保田に友達でいようとはっきり言うべきだったのだ。

それをしないで、ただ漫然と彼の好意を受け入れている。

口を噤んだ桜町に、久保田が怪訝な顔をした。

なによりも、桜町は自分自身に呆れている。自覚すると己に腹が立って、嫌われるかもしれない嫌いにならないはずがない、と自嘲《じちょう》的な気分になりながら酒を喉《のど》の奥に流し込む。柔らかな感触の日本酒は、喉を滑るときにひっかくような感触を与えた。

「呆れるよね」

久保田は是非は口にせずに、再び「どうして」と口にした。

「俺が狡いから。久保田さんに答えを出さないで、こうやって利用して、利用するばっかりで」

答えた桜町に、久保田は笑う。

「そうかな？　俺は嬉しかったけど」

意外な科白に桜町はうっかりグラスを取り落としそうになる。久保田は目を細めて、酒を舐めた。

「だって桜町さん、さっき俺のことどう思ってるか聞いたとき、『よくわからない』って言いましたよね？」

「あ、ええ」

「それって、男同士だから、って言われるかなって思ったんです。友情以上には思えないけど、って。――でも違った」

言いながら、久保田がずいと身を乗り出した。

「親が恋をしていいかどうかわからないから答えが出せない、っていうのは、気持ちとしてはもう俺のこと意識してるんですよね？」

「え？　……あ、え？」

少々熱っぽく語られて、そういうことなのだろうかと混乱する。かっと頬を染めた桜町に、久保田がにんまりと笑った。

「それに、狡いのは俺でしょ？　桜町さんが迷って、身動き取れなくて答えを出して欲しいって思ってんだってわかってるのに、引導渡さないから」

狡いでしょ？　とどこが狡いのかわからないことを言った久保田に、桜町は目を瞬かせる。

このまま返事を先延ばしにしてフェイドアウトしようとしていたことを、やはり久保田は知っていたのだ。

「身を引くなんて言わないし、振るなら早いところ振って、なんて言わないよ。……それに、もうちゃんとわかっちゃったしね。俺もそんなに若くないから、答えを待つのに焦んないよ」

「俺より七個も年下じゃないか」

そんなこと言われたらこちらの身の置き所がない。少々むっとしながら言うと、久保田は難しいなあと頭を掻いた。

そうして、ソファの上に膝立ちをするようにして距離を詰めてくる。

まだ中身の入っているコップを取られ、テーブルの上に置かれてしまった。飲んでいるのにと伸ばした手を、久保田にとられる。

「若くないっていうか、成長しているからね。子供みたいに無闇に焦るつもりはないの」

急いてはことを仕損じるって言うでしょ、と言いながら、久保田は更に間合いを詰めた。

「俺は全然構わないよ？　引き延ばしたら引き延ばしたぶんだけ、ぐいぐい攻めて行けばいいだけだし」

距離を詰められて、桜町は後ずさる。等間隔で距離を取ることを許さずに、久保田はどんどんと身を寄せてきた。

結局ひじ掛けのところまで押しやられて、ぴったりと身を寄せる羽目になる。

「久保田さ……」

「ちゃんと断られるまで、諦めてなんてあげないから。それで、触りたいときには触るから」

「焦らないって言ったくせに」

少し茶化してみせた桜町の指に、久保田が己の指を絡めてくる。その肌が熱っぽくて、桜町はどきりとした。

「それが嫌なら、今ここではっきり言って。駄目だって。俺と恋をする気にはならないって、お前なんか必要ないって、言って」

「……さっき、そんなこと言わないって言ったじゃない」

久保田も充分に酔っているのだろう。桜町が指摘すると、渋い顔をしてもどかしげに首を振った。

「やっぱりさっきのなし。待ってられないみたいです、俺」

そう言いながらもぐいぐいと詰め寄られて、返事に窮する。

もう少し待ってと言うには、最初の告白から時間を貰いすぎていた。

「もちろん、断ってもパパ友達であることには変わらないから。安心してください」

桜町と違って久保田は器用だから、恐らく本当に変わらず接してくれるだろう。

そうなれば自分は、今までと同じようにその居心地の良さに甘えてしまうに違いなかった。

断ってもなにも変わらないというのは、実に魅力的な提案だと思っている。それは本当なのに、頷く気になれなかった。

顎をするりと撫でられて、いつのまにか俯けていた顔を上向かされる。

「桜町さん」

促されても、「ごめんなさい」という言葉は出なかった。

それは、彼の告白を受け入れるようなものではないのかと思う頭があるのに、言葉が出てこない。

「嫌なら、言って」

再び請《こ》われて、桜町は小さく頭を振った。

項《うなじ》に触れられて、そっと抱き寄せられる。その手が彼らしくなく躊躇《ためら》いを見せるので、桜町もつられて緊張した。

「ん……」

唇に、久保田のものが触れてくる。

昼間に触れたときよりも深く合わせられたキスは、互いに酒の味がした。

その味が薄れるほど唇を合わせたあと、桜町は我に返って舌を引く。

「嫌なら突き飛ばして。ぶん殴って」

唇の間隙《かんげき》に落とされた呟きに、それでも桜町は抵抗をしなかった。そんなひどいことを、この男に出来るはずがない。

漆原の「言い訳」という言葉が頭に反響する。言い訳など、する気はない。

腰に触れた手が、シャツの裾に入り込んでくる。脇腹や腰骨を触られて、なんだかくすぐったいような居心地の悪いような感覚がせりあがってきた。

こんな風に、誰かに触れられたことなど一度もなくて、羞恥《しゅうち》と戸惑いを覚えて身を捩《よじ》る。

産毛に触れるように掌を優しく這《は》わせながら、久保田は「嫌なら逃げて」と言った。

逃げ道を作ってくれている言葉が逆に桜町を縛り、抵抗出来なくさせる。

嫌じゃないから逃げないのか、嫌だと思われたくないから逃げないのか、自分でもよくわからない。

ただ、どちらにせよ久保田に触れられることが嫌ではない自覚があるし、彼にそう思われたくないのだ。

「あっ……！」

部屋着のスウェットの中に、久保田の手が差し込まれる。反射的に押し返そうとした瞬間、漆原の顔が思い浮かんだ。

拒んだら、きっと久保田は漆原の元へ行ってしまう。そう思ったら、抵抗する力が抜けた。

「う、ぁ」

久保田の手はすぐに下着の中に手をもぐり込ませる。肌に直接触れられて、己の下肢がびくんと跳ねた。

「待っ……」

触れられるのは二度目だったが、慣れない接触に目が回りそうになる。

ぬるりと彼の指が滑るのがわかって、自分が感じているのだということがわかった。

衣擦れの音が、自分が濡れている音が、お互いの呼吸音が、やけに耳につく。

それが余計に久保田を興奮させるのがわかって、羞恥に頭を振る。

「久保田さん……っ、嫌だ、待って、待ってくださ……」

テレビを、つけておけばよかった。

興奮して上がる息と、徐々に彼の掌を濡らす音がやけにいやらしく部屋に響く。そして、久保田のものも張りつめているのが、触れた部分から伝わった。

「嫌っ、ぁ」

先端を撫でられて、びくんと背を逸らした。桜町のものに指を絡めながら、久保田が熱っぽく呟く。

「ごめん。俺のせいに、してくれていいから」

興奮し、声を掠れさせながらもまだ言い訳を作ってくれる久保田に、桜町の胸がずきりと痛んだ。それは、桜町の気持ちを期待していないように聞こえたこともあるし、久保田に好意を持っているのに、一方的に施しを受けるばかり、言い訳ばかりの自分に良心が疼《うず》いたということもある。

「桜町、さん……」

切なげに桜町の名を呼び、追い込むように、久保田は手の動きを速める。絡む指が、強く桜町のものを扱き上げた。

「久保田さん、駄目です……、駄目……っ」

覚えのある感覚が、体の奥から湧き上がってくる。堪えようとしているのに、快楽を訴えるものが、断続的に溢《あふ》れ、愛撫《あいぶ》する久保田の指を濡らす。

ふわりと浮くような感覚にとらわれた瞬間、唐突に久保田の手が止まった。

「あっ……」

寸止めされ、放り投げられたような感覚に戸惑う。

どうして、と思わず問いかけた桜町の上に、久保田がどさりとのしかかってきた。まさか最後まで——と覚悟を決めたが、久保田は待てど暮らせど桜町の上で身動《みじろ》ぎしないままだ。

「……久保田、さん？」

肩を押してその顔を見ると、あろうことか久保田は寝ていた。

「え……」

まさかの事態に、桜町は唖然《あぜん》とする。

半分その気になった体を持て余しながら、桜町は久保田の下から抜け出した。ちらりと確認したが、意識が落ちているとはいえ、彼のものもまだ硬いままだ。

——……あんまり、お酒強くなかったんだろうか。

桜町はこのまま眠るなど到底無理そうで、よく眠れるな、と久保田の寝顔を眺めながら感心する。

なんとなく、色々な話が、そして自分の想いも宙に浮いたままになってしまった気はするが、起こしてまで問い質す勇気はない。

悶々《もんもん》としながらも久保田に上掛けをかけ、桜町はよろよろとトイレに向かった。

翌日は前の晩にあったことなどおくびにも出さず、久保田は昼過ぎには子供たちと一緒に帰っていってしまった。

酒が入っていたせいで、起きたら忘れてしまったのではないか。そう思うくらいのあっさりしたリアクションに、桜町はあれから二週間も経つというのにずっと戸惑っている。

結局久保田が寝てしまって有耶無耶《うやむや》になったものの、はっきりしない態度の桜町にいい加減しびれを切らしてしまったのかもしれない。怒るならまだしも、呆れられ、好意が目減りしたという可能性も考えられた。

——もう、二週間も声を聞いてない。

かといって今更自分から「私のことをどう思っていますか」と訊くのも気が引ける。どの面を下げて言うのか。

自分でもなかったことにしたいのかなんなのか、わからないのだ。

以前はそれなりに、保育園やマンションのエントランスで会えていたのに、うまくタイミングが合わないのか、会えずにいてもどかしい思いもしている。

自分は確実に久保田を意識していて、好意も抱いている。けれど、まだどういう風に久保田と付き合いたいのか、結論が出ていなかった。

答えを出す前に、久保田に歩み寄ることはできないと思う。けれど、答えを出すまで彼は本当に待っていてくれるのだろうか。

——でも、久保田さんはずっと、歩み寄ろうとしてくれてた。

本当に嫌がることはしなかったし、自分も、彼からの接触を嫌がったことは一度もないはずだ。

そこに一つの結論が出ていたとも思うのだが、なにも出来なかった。

中途半端に答えを出すことも出来ず、仕事や育児を言い訳にして、彼への返事を見送る。頻繁に来るメールは迷惑ではなく、むしろ彼がまだ自分を気にかけてくれているのだということがわかって安心すらしていた。

けれどそれも、週末になる頃にはぴたりと止んだ。

自分から久保田を避けたくせに、傷ついている自分に苦笑を禁じえない。

「……最初にそう望んだのは俺なのにな」

「あう？」

父親の声に反応して、弥玖が顔を上げる。

「とーた、あい」

「……ありがとう」

涎まみれの積み木を愛娘に手渡され、桜町はなんとか笑みを作る。

涎かけで口元を拭ってやると、弥玖はぶーと唇を鳴らしておもちゃ箱のほうへと戻っていった。そうして、せっせとお気に入りのおもちゃをソファの足元へ並べていく。

土曜日だというのに、なにもせずにソファに転がって伸びている父親を、励まそうとしてくれているのかもしれない。

手渡された積み木は、先日久保田に色々と世話になって作ったものだった。白くて軽い積み木は今となっては弥玖の新しいお気に入りのおもちゃとなっている。

――この間までは、仲良くこんなの作ってたんだよなあ……。

三角形の積み木を手の中で弄《もてあそ》びながら、桜町は息を吐く。

きょとんと首を傾げる娘に、桜町は身を起こした。

「弥玖、お父さんは自分が情けない。こんな風に勝手なことを考えるなんて思ってもいなかったし、相手が久保田さんのような人だなんて思いもしなかった」

「うー？」

早口でまくしたてると、弥玖は困った顔をしてこちらを見つめてくる。もちろん一歳半の幼女に打開策を求めたわけではない。

馬鹿なことをしたなと思いながら、桜町はソファを降りる。

「……お散歩でもするか、弥玖」

「あい」

ようやく自分のわかる話だったからか、弥玖は元気よく手を挙げた。

まだまだ日差しが強いので帽子をかぶせ、最近歩きたがるようになったのでベビーカーはやめて、外歩き用の靴を履かせる。

抱っこひもをバッグに入れて、桜町は娘と手を繋いで外に出た。

河川敷に行くか、公園に行くか、もう少し足を伸ばして実家まで行ってみるか。

弥玖の思うままに寄り道をしながら、長い時間をかけ、親子二人でぼんやりと歩く。

こうして歩いていたらもしかしたら、久保田やその息子たちと鉢合わせてしまうかもしれない。

会いたいのか会いたくないのか、微妙な気持ちを抱えたままゆっくりと歩いていると、前方から見覚えのある男性が歩いてきた。

「……あ」

漆原だ、とそう思った瞬間にすぐさま逃げ場を探してしまったが、不幸にもあちらも桜町に気づき、やあと手を挙げてくる。

無視するわけにもいかないので、桜町は愛想笑いを浮かべて会釈を返した。

「桜町さんじゃん、こんにちは。弥玖ちゃんこんにちはー」

「……こんにちは」

「あう。ちゃーちゃ」

ちゃーちゃんですよ、と言いながら、弥玖の前に漆原がしゃがみ込む。

漆原は、弥玖と手遊びをしながら桜町を見上げた。

「で、今日は久保田になんの御用なんです?」

「……は？　別に用なんて……」

ただ実家に行こうとしただけだ。そう答えかけた桜町の言葉を遮るように、漆原が
「え？」と声を上げ、それからおかしげに笑った。

むっとして、桜町は「なんです」と質す。

「ああ、すみません。じゃあなんでこんなところにいるんです？」

「こんなところって、僕はただ実家に……――」

言いながら、桜町ははっとして周囲を見渡した。

どれほどぼんやりしていたのか、いつのまにか無意識に実家ではなく足が久保田の家に向かっていたらしい。先程漆原が出てきたのは、久保田の家だったのだ。

なんでも見透かすような目で笑い、漆原は弥玖の手を握って振った。

喋れば余計なぼろを出してしまいそうで、桜町は口を噤む。

「まあ、そうですよね。今日一生があなたを呼ぶわけないんですから」

漆原の科白に、ぎくりとする。

やはりなにか聞いているのだろうか、と動揺した。それとも、久保田が漆原に、桜町に会いたくないというようなことを言ったのか。

「あの」

「――でも、桜町さんは今日一生の家に用事じゃないんでしたっけ。じゃ、元々関係ないし、どうでもいっか」

まるで牽制するような言葉に、桜町はぐっと詰まった。

久保田の家に来たわけじゃない、元々実家に行く予定だった、と言ったのだ。そんな言いかたをされてしまったら、もうそれ以上訊けない。

「で、どうでした？　『お泊り』」

自分と久保田の関係が変わる分岐《ぶんき》は、きっとその日だった。いたたまれなくなりながら、苦笑する。

「……楽しかったですよ。おもちゃを作ったり」

「おもちゃを使ったり⁉　あらまーいきなりすごいことを」

「『作ったり』！　弥玖の積み木を作ったんです！」

子供の前でなんてことを、と本気で怒ると、漆原は盛大に吹き出した。

「だーから冗談ですって。いちいち本気で受け取るんだもんなぁ、桜町さん。揶揄いがいがあるって言われない？」

「言われませんよ」

憮然《ぶぜん》として答えると、やだ怒んないで、とまたしても茶化した様子で漆原が絡んでくる。

苛立ちながらも、眼前の男がどこまで話を聞いて、どこまで察しているのかわからず、なんだか落ち着かない気分になる。

早く弥玖の手を引いてこの場から立ち去りたい。

桜町はしゃがみ込み、漆原と手を握り合う娘の肩に触れる。

「――あ、先程の」

ふと落ちてきた女性の声に、桜町は顔を上げる。

久保田の家から出てきたと思われる妙齢の女性は、漆原を見て、それから桜町親子を見て微笑んだ。ふんわりとしたロングヘアーと、シフォンのスカートが風に靡《なび》く。年の頃は、久保田や漆原と同じくらいだろうか。

「失礼します」

「どうも。お気をつけて」

漆原が返すと、女性は会釈をして帰っていった。

彼女の背を見送りながら、漆原がふっと笑う。

「彼女、『お嫁さん候補』なんだって」

「え……?」

一体どういうことかと、問いかけて固まる。

「今日遊びに行ったら、『お嫁さん候補』が来るからって、遊ばせてもらえなかったんだよね。爽矢と皓也とも遊べないし、暇になったからもう帰ろうかと思って出てきたところだったんだよ」

あれほど自分を口説いていた久保田にそんな話が、と頭の血がすっと下方に落ちていく心地がした。

漆原がにやにやとしているのを見て、我に返る。

「……そうなんですか。奥さんと別れて結構経ってますもんね」

また、漆原の揶揄かもしれない。平静を装った桜町に、漆原が目を細める。

「結構いい感じなんだよ。今日、時期外れだけど手編みのセーター持ってきたんだって」

——「お嫁さん候補」、か。

自分がぐずぐずしているうちに、久保田は別の誰かを見つけてしまったのだろうか。そう思って胸が苦しくなったが、別に久保田とははっきり将来の約束をしたわけではない。自分はまだ、彼への気持ちを、久保田本人にすらまともに言っていないのだ。素直に、第三者に心情を吐露することもできない。

——そうだよな。……こんな年上の男になんで本気になるんだよ。

傷つく必要などない。互いに自立した男同士で、子供もいるのだ。

そう自分に言い聞かせなければ、この場から立ち上がることが出来なくなりそうだった。

「弥玖、おばあちゃんち行こう」

「あぅ？」

漆原と手を繋いでいた弥玖の手を解き、抱き上げた。

「桜町さん？」

「漆原さん、ぼくらはこれで失礼します」

ぺこりと会釈をして脇を抜けようとしたと同時に、敷地内から久保田が出てくる。

「あ……」

「――桜町さん」

久保田は、桜町を見て微かに顔を強張らせた。前までは笑顔で手を振りながら近づいてきてくれたのに、とショックを受けているのを自覚する。

「あの、ご結婚おめでとうございます」

とーた、と弥玖に呼ばれて、怪訝な顔をする久保田に精一杯の笑顔を向けた。

「え……？　あの、桜町さん？」

久保田の顔は、見られなかった。ただ俯いて、じゃあ、と踵《きびす》を返す。

「桜町さん⁉　おい、漆原、お前なに言った――」

弥玖を抱いたまま、桜町は早歩きでその場を立ち去った。けれど、走って追いかけてきた久保田にあっさりと追いつかれる。それでも、気づいていないふりをして早歩きのまま歩き続けた。

「桜町さん、あの、誤解です、なにか誤解してます」

「なにがですか？」

別に、それを桜町に言い訳することはないのだ。誤解を受けているかどうかなんて、どうでもいいはずだ。

そう返そうとしたのに、声にならない。

「っ、桜町さん！」

腕を掴まれ、強引に歩みを止められる。長距離を走ったわけでも、本気で走ったわけでもないのに、久保田に捉《とら》えられた桜町はぜいぜいと喘《あえ》ぐような呼吸をしていた。

それでも唇を引き結んだままでいると、今度は久保田に引っ張られた。

「久保田さん」

離して欲しいと訴えるが、久保田は何も言わずただ腕を引く。

河川敷にたどり着くなり、「どうして逃げたんですか?」と問われた。

無言で芝生《しばふ》の上に腰を下ろすと、久保田も隣に座る。弥玖を抱きながら、桜町は首を振った。

「別に、逃げてません」

「なんでそんなあからさまな嘘つくかな」

苦笑交じりに言われて、けれど他に言いようもなく桜町は口を噤んだ。

逃げたくて逃げたのではなく、気づいたら体が動いていた。そんな下手な言い訳をするより、黙っているほうがいい。

逃げたと認めたら、どうして、と訊かれるのがわかっているからだ。

けれど、久保田はそれすらも許してくれない。

「どうしてそんなに怒ってるんですか?」

「怒ってません!」

強く否定すれば肯定しているようなものだというのに、桜町はつい口にしてしまった。

情けなくて、深々と息を吐く。

怒鳴ったせいで、弥玖がびっくりしたように桜町を見上げている。お前に怒ったわけじゃないと、慌てて背を擦った。

「怒ってるじゃないですか？　漆原になにを言われたんです？」

「彼女は……」

一体、どういう付き合いをしている女性なのか。嫁候補なのだと、漆原から聞いた。手編みのセーターなどを持ってくる仲の女性がいるなら、どうして、子持ちの男をその気にさせるような真似をしたのか。

——なんだよ。

こんなことになって、初めて自分が久保田に気持ちを持っていかれていたことを強く自覚する。いつも、自分は遅いのだ。どうしようもなくなってから足掻《あが》いたって、苦しくて惨《みじ》めなだけだというのに。

呆れて笑い出しそうになるのを堪え、息を吐く。

「……ご結婚されると、うかがいました」

実家に招き入れるというのは相応の付き合い方をしていると考えられる。母親がいるからいいというのは、もう親子公認の仲ということなのだろうか。

そうなれば、自分に勝ち目などなく、咎める権利もない。

——揶揄ってたんですか、俺のこと。

そんな言葉が浮かんだが、口に出すことが出来ずに唇を引き結ぶ。妻に逃げられた男を揶揄って楽しかったですかと、ひどいことを言ってしまいそうだ。

久保田は頭を掻いて、ぱっと手を離した。

「俺が結婚するかどうかって、桜町さんに関係ある？」

ふと彼の口からこぼれた言葉に、桜町は硬直した。

「……俺たちただの友達なんでしょ？　どうして怒るの？」

「え……」

「実は記憶が結構曖昧《あいまい》なんですけど、俺、桜町さんちにお泊りさせてもらったとき……ひどいことしましたよね」

久保田はやはり、泊まりに来た日の夜のことを覚えていたようだ。

「でも、それは」

「あなたが嫌だ、って言ったのは明確に覚えてるんです」

あの日のことを覚えてくれてはいたけれど、ただ、久保田の中で桜町は、彼を拒んだということになっていたのだろう。

自分が同じことをされたら当然そう思うだろうに、彼の科白が少なからずショックだった。

「まあ、俺が悪いんですけど……流石に嫌がられてからも付きまとえるほど神経太くないんで」

指先が急速に冷えていくのに、手には嫌な汗をかいている。

だから、さっさと桜町に見切りをつけ、新しい妻を迎える気になったのだろうか。

「それは」

一度好きになってくれた人の好意は半永久的に続くものだなんて思ってはいなかったけれど、面と向かって「もう好きじゃないよ」と言われるのは堪える。

恥ずかしくて悲しくて、涙が滲《にじ》む。

そんなものを見せられても久保田が困るだけなので、なんとか誤魔化そうと桜町は娘を抱きしめて俯いた。

「嫌だって、言ったかもしれないですけど……拒んだわけじゃなくて」

今更言ってもただの言い訳でしかないだろうけれど、桜町は必死に言葉を紡いだ。久保田が、溜息を吐くのが聞こえる。

「そう言われても……」

「……でも、本当なんです。今更ですけど、だって、ああいうのは慣れてなくて」

恥ずかしくてつい拒むような言葉を口にしてしまったと、そこまでは言えなかった。

「……ずるいなあ」

ふと零れ落ちた久保田の科白に、びくりと肩が震える。

ごめんなさい、と言おうとしたが、久保田に顔を上げてと言われて遮られた。すっと項を撫でられて、顔を上げる。眼前にあった久保田の顔が、困ったように笑っていた。

「意地悪いこと言った。ごめん」

「意地悪って……」

彼の言うことはもっともだったので、謝る必要はない。

首を振ると、久保田は頭を掻いた。

「ていうか、どうしてそんな勘違いしたのか知らないけど、結婚ってさっきうちから出て行った女の人のことですよね？　あの人は、うちの母ちゃんの生徒さん」

「……生徒？」

予想をしていなかった単語に、つい間の抜けた顔をしてしまう。

久保田が離婚したあと、身の回りの園グッズを作っているのは久保田の母親で、洋裁や編み物、和裁の資格を持っているらしい。

そのため、月に幾度か児童館やコミュニティセンターなどで講座もやっているのだという。

「お泊りの前の週、ちょっと外せない用事があるって言ったでしょ？　あのときは、母ちゃんが午後から児童会館に教えに行くことになってて、うちが今度リフォームするんで、業者が来ることになってたんですよ。だから、俺が家にいないといけなかったんです」

「ああ、それで……」

話を聞いてみればなにかを疑うような余地もないということで、恥ずかしさに身の置き所がなくなるような思いだった。

「でも、あの、漆原さんが『お嫁さん候補』だって」

久保田は形のいい眉を寄せる。

「え？　ああ確かにそうだけど。それ、俺のって意味じゃなくて『花嫁修業』って意味じゃないかな。彼女、今年中に結婚するんだって」

「ええ……？」

「……桜町さん、漆原に揶揄われたんですよ」

そう聞いて思い返すと、確かに漆原は嘘を言っていない。ただ、ミスリードするように主語を省いて言ったというだけで。

一体なんの目的だったんだと腹が立つような、安心するような気持ちになり息を吐くと「で？」と言われる。

「で、って……」

「誤解だったわけなんだけどというか、どういう気持ちで誤解したのか聞いてもいい？」

泣きそうな顔をして逃げた理由なんて、言わなくたってわかっているだろう。

けれど、ちゃんと言葉にしろと、言葉にして認めろということに違いない。

「あの……」

先程まであからさまに態度で示しておいて、今更照れる自分もどうなのかと思いながら俯くと、久保田が顔を覗き込んできた。

「何度も言うけど、ただの友達、なんて無理だよ俺には。桜町さんがそれを望むなら、友達のままの関係でもいいけど」

でも、と久保田は言い募る。

「俺が、桜町さんを『ただの友達だって思う』のは無理。だって、もう好きになっちゃったんだもん」

首を傾げると、ふわりと柔らかな髪が揺れる。

「桜町さんは前さ、親なんだから恋人を作っちゃいけないんじゃないかって言ってたよね」

「……はい」

今でもそれは、思っている。

父親なのに、恋愛沙汰にうつつを抜かしていいのだろうかと。自分は親として、他にすることがあるんじゃないのかと、そう思うのだ。

「それは今でも変わらないの？」

「……今、もし久保田さんを受け入れてしまったら、好きだって、認めてしまったら、駄目になる気がするんです」

子供のことに気が回らなかったり、なにもかも頼りっぱなしになったりと、してしまうかもしれない。今だって満足に出来ているとは言い難いのに。

そんな不安を口にすると、久保田は笑った。

「優先順位を間違えなければ、大丈夫でしょ。子供が第一で、蔑《ないがし》ろにはしない。しちゃいけないし、多分できないでしょ。お互い」

「でも、俺は心が狭いから。子供を優先することも、子供を優先されることも、たまに……寂しくなるかもしれません」

それを咎めるわけではなく、優先順位を変えて欲しいわけでもない。ただ、寂しく思う気持ちが生まれるかもしれない。そんな狭量さを口にしてしまい、恥ずかしくなる。

真剣に言ったのに、久保田は何故か笑っている。

「……なに笑ってるんですか」

「え、あれ？　笑ってた？　俺」

それを咎めれば、ごめんと言って口元を引き締めた。

「だって、可愛いこと言うんだもん」

「可愛いって」

「それくらいはお互いに、自分自身に、許そうよ。むしろちっとも寂しいと思われないほうが寂しいよ」

「で、でも」

もし久保田とともにいるのに慣れて、そのあと離れなければならなくなったら、耐えられなくなりそうだ。

離婚したあとの自分を思えば、不安にしか思えない。

そう言い募った桜町に、久保田は「なんだそんなこと」とけろりと言い放った。

「恋愛するのって、そんなに悪いことかな？　なにも不倫をするっていうわけじゃあるまいし」

不倫という言葉にぎくりとする。

親の立場にあって誰かと恋愛するというのは、感覚的には、それに近い後ろめたさがあったかもしれない。

「だって、夫婦ってそういう感じでしょ。家族にもなるけど、恋愛感情がなくなるわけじゃなかったよね？」

勿論恋愛感情がなくなってしまう人もいるけど、と付け足して、久保田は桜町に触れる。

「子持ちには子持ちなりの恋愛の仕方があると思うんだ。お互いそこを守ればいいし、それに男でも女でもさ、誰かと二人がいいと思ってるのに一人で生きるのは辛いよ」

久保田の口から辛いという言葉が出てきて、意外に思う。

「支え合っていけたら、いいと思うんだ――ねえ、俺のこと好き？」

改めて問われて、それでも返事に窮する自分が情けないとは思う。

久保田は更に間合いを詰めて、顔を近づけた。

「……好きって言いなよ」

そんなことを言いながら、久保田は桜町を弥玖ごと抱きしめる。

広い胸に頭を押しつけるようにして抱かれながら、緊張した。二人の間に挟まれた弥玖は、きゃきゃと大喜びしている。

「どうしても無理なら、今はまだ言葉で好きって言ってくれなくてもいいです。でも、代わりに俺の胸に飛び込んできて」

自分から引っ張ったくせに、とちょっとおかしかったが、桜町は頷いて左手で娘を抱き、右手で久保田の背を撫でた。瞬間、桜町を抱く腕が強張る。

「あー……したい」

「は⁉」

突然なにを言い出すのかと、桜町は思わず声を上げる。

「……桜町さん可愛いんだもん。したい」

「いや、あの」

面と向かって言われると、こちらの方が恥ずかしくなってしまう。ねえ、と請うような声を上げられて、桜町は顔を一気に赤くした。

「俺とするの、嫌?」

「い、嫌とかじゃなくて……」

まだ心の準備が出来ていないのだと言ったら、じゃあいつ出来るのかと言われてしまうだろう。そんなものは自分にもわからない。

そんなことを迷うなとばかりに、久保田は桜町の肩を少々強引に抱く。そしてその綺麗な顔を近づけ、「しよ?」と囁いた。

「待ってください……！　久保田さん、待ちましょう！」

「あんまり騒ぐと、弥玖ちゃん起きちゃいますよ？」

のしかかった男にそう囁かれて、桜町は口を噤む。

弥玖は散歩をして疲れたのか、おやつの途中で眠ってしまった。今はリビングのベビーベッドで寝ているが、大声を上げたら起きてしまうかもしれない。

弥玖が眠るまで、久保田は直前のことなどなにも匂わせず待っていてくれた。だが、それでももう少し心の準備をさせて欲しいと、桜町は久保田の胸を押し返した。

「もー、桜町さん、なぁに？」

うん？　と優しい声で促されて、桜町は顔を赤くする。

「あの、まだお昼……なんですけど」

桜町の言葉に、久保田は首を傾げる。

夜ではないというのは彼にとってはなんの理由にもならないのか、本当に不思議そうな顔をされていたたまれなくなった。

「でも、夜はお互い家にいないといけないし」

「それは、そうですけど」

「別に、仕事を抜けてきたわけじゃないし。子供を放置してるわけじゃない。やらなきゃいけないことも特にない」

じゃあ今しかなくない？　と言われてそもそもそういう問題だったろうかと悩む。

「じゃあそういうことで、もういい？」

「え、うわっ」

下着ごと下肢を剥かれ、慌ててシャツを押さえる。

恥ずかしがらなくても、と笑いながら、久保田は桜町の膝頭を掴んだ。そのまま大きく開かされて、必死に抵抗する。

「ちょ、待って」

「桜町さん、ローションとか持ってたりします？」

「人の話聞いてください！　というか、あるわけないでしょうそんなの！」

ベビーローションならばあるが、娘のためのものを疚《やま》しい行為に使うのは抵抗があったし、恐らく彼の言うローションとは効能も違う。

ぶんぶんと首を振ると、久保田は思案するように眉を寄せた。

「う、わっ」

一度開かせた膝を閉じさせられる。

腰が浮くように閉じた膝を胸のほうまで押しやられた。

「え？　え？　……ぁ！」

太腿《ふともも》の間に、熱いものが捩《ね》じ込まれて目を白黒させてしまう。ぬるぬると足の間で動くそれがなにか思い至って、羞恥で目に涙が滲んだ。

微妙な角度で桜町のものとこすれるもどかしい快感に、シャツの袖を噛んで桜町は声を堪えた。

次第に足の間がぬるついてくるのはどちらのせいだろうと思いながら、やけに大きく響く水音に目が回る。

「桜町、さん……苦しくない？」

自分の上で息を乱す男を見ると、同性相手だというのに妙に気が昂《たかぶ》った。

平気、と答えかけて、声が上擦りそうになってやめる。けれど正しく桜町の反応理解したらしい男は、ふっと笑うだけだ。

「ん、んんっ！」

以前久保田に触れられて以降、自慰すらしていなかった体はあっというまにのぼりつめた。びくんと体が跳ねて、熱を吐き出す。まだ擦ってくる彼のものに快感が引き伸ばされ、シャツを噛んだまま桜町は身を震わせた。

——やばい、気持ちいい……。

久保田に触れられると、信じられないくらい気持ちがいい。声を噛んだせいか目の前がちかちかする。

荒い呼吸を繰り返していると、足の間から久保田のものが引いていった。ベッドの上にくたりと身を投げ出して、上がった息を整える。

久保田にじっと見られているのに気づいて、顔を背けた。

「……見ないでください」

少々声が掠《かす》れたのが情けない。

けれど目を逸らしてはくれず、久保田の掌が下腹に触れた。ぬるりとした感触は、自分が先程出したものだろうとぼんやり思う。

汚れを掬《すく》うようにして久保田の手が動き、大きく足を開かされる。

そうして、今まで誰にも触られたことのないような場所に、彼の指が入ってきた。

「えっ……！」

「大丈夫。怪我させないようにするから」

「だって、そんな、そんなところ……」

女性ではないのでそこしか入れる場所がないのはわかる。それでも予備知識もなくそんなところを触られると、羞恥で悶死しそうだ。

そういう作法なのだとうすうすわかってはいたが、久保田は今まで一度も桜町のそこに触れたことがなかったので、なんとなく今回もそうだと勝手に思っていたのだ。

「う、っく」

くち、と音を立てながら指が出入りするのが信じられない。

自分がなにかをしているわけではないのに、桜町はずっと「どうしよう」と心中で呟いていた。

「もっと力抜いて。緊張しないで」

そんなの無理です、と半泣きになっていると、大丈夫だよと宥《なだ》めるような優しい声が落ちてきた。

助けを求める相手は久保田しかいないので、ひとまず頷く。

「ん……っ」

何度も指を抜き差しされ、いつのまにか指も増やされる。広げるようにばらばらに動く指は、桜町の体の中を暴くように動いた。

その部分が、徐々に柔らかくなっていくのが自分でもわかる。指で広げた個所を撫でられているうちに、ぞくりと腰が震えた。

「……浅いとこ、好き？　広げられるのもいい感じ？」

中を弄りながら訊かれても、答えようがない。久保田は桜町の答えを待っているわけではないらしく、体の反応を見ながら勝手に相槌を打っていた。

羞恥と、愛撫で確かに煽《あお》られている体とで、もう頭が回らない。

「っあ……！」

体の中に自分でも驚くほど感じる部分があり、そこに触れられた瞬間堪え切れずに声が出る。

「ここ、気持ちいい？」

ごく、と喉を鳴らしたのは、自分なのか久保田なのか、もう判然としない。

深く差し込まれた指が引かれ、その途中でまた感じる場所を強く押されて腰が跳ねる。

「あ、嫌だ……っ、ぅあ」

「嫌？　じゃないよね」

執拗《しつよう》にその部分を擦られて、桜町は首を振る。指で煽られる度に自分のものがびくびくと揺れるのがわかった。

「ここの感覚、覚えてて」

どこか興奮した様子でささやかれて、体が竦む。指が抜き去られ、脚を大きく開かされた。

桜町の腰を抱えなおした久保田が、ぐっと身を寄せてくる。先程まで散々弄られた場所に、熱いものが押し当てられる感触がした。

「力、抜いててくださいね」

「え……」

桜町の体を広げるように、久保田のものが入ってくる。

「あ、あ、あ……」

ちょっとずつ入っていく度に、唇から声が漏れた。

「上手。ゆっくり呼吸して」

少々の息苦しさがある程度で思っていたより痛みはなかった。

久保田は物凄く長い時間をかけて全部おさめると、ほっと息を吐く。

繋がった部分が熱を持って脈を打ち、その速さにどちらも興奮していることがわかった。

——どうしよう……。

痛くはないが、表現しがたい息苦しさと圧迫感に、眩暈《めまい》がした。

動かれたら貧血を起こしそうで、かといって自分の体の中にある存在を思えばじっとしていて欲しいとは言いにくかった。

久保田が身動ぎをした瞬間、あからさまに体が強張ってしまい、苦笑される。

「……いきなり動いたりしないよ？」

「す、すみませ……」

恥じ入って泣きそうになると、久保田は身を屈めて唇を合わせてきた。

「ん……」

啄むようなキスから、舌を絡めるキスをされる。

「んぁ、ぅ」

ぬるぬると口腔《こうこう》を愛撫されると、怯《おび》えていた体の緊張が解け、次第に気持ちよくなってくる。舌を甘噛みされて、ぞくぞくと背筋が震えた。

「桜町さん」

「あっ……！」

名前を呼ばれ、久保田の指が桜町のものに絡む。

受け入れた直後はほとんど反応していなかったそれは、キスの間に再び熱を持っていたらしい。根元から、指でそろそろと撫でられる。

「あっ、あぁ……」

　先程達したばかりのものは、与えられる微かな刺激でも十分に感じてしまい、久保田を締め付けた。

「い、っぁ……あ、もう……」

　強い刺激を感じるのに、一旦出してしまったせいか、なかなか終わりが見えない。気持ちいいのに苦しくて、桜町は久保田の首に助けを請うように縋った。

「やめ、やめてください……もう、許してください……っ」

　桜町の切れ切れの懇願に、久保田は下唇を舐める。中に入っていたものがびくんと震えた。

「んん……っ」

「……やめていいの？　こんなになってるのに苦しくない？」

　優しく、搾り取るような動きをしながら、久保田の手が動く。

　内腿が震え、下肢がびくびくと跳ねる。それくらい感じてしまっているのに、決定的な快感にはならなくて苦しい。

　下腹に押さえつけるように、はりつめたそれを掌で捏ねられる。反り返ったものが腹に擦れて、少し痛いようなもどかしい感覚に首を竦めた。

　手を離すか、もしくはもう少し強くして欲しい。そんなはしたない欲求が首を擡《もた》げ、桜町の右手が無意識に己の下肢へと伸びる。

「駄目」

伸ばした右手は、桜町に捉えられてしまった。

じゃあ、と左手を出したが、久保田が上から覆い隠すように桜町のものを掴んでいるので、触ることが出来ない。

それでも微弱な刺激はずっと与えられていて、桜町は首を振った。

「う、く」

たまらなくなって自ら腰を動かした瞬間に、自分の体の中に入っているものの存在を思い出して体が強張った。

動かないでと自分から言ったくせに、自分で腰を動かすなんてと羞恥に泣きそうになる。

ちらりと久保田をうかがえば、彼はなにも言わない。見下ろす瞳はいつもと変わらず優しいのに、今はひどく意地悪に見える。

桜町の言いたいことなどわかっているくせに、もどかしい思いと疼きを解消してくれるつもりはないのだろう。

桜町は半泣きになりながら、おずおずと腰を回した。

「んん……っ、ぁ、あ」

苦しいのに、腰を揺らさずにはいられない。

見下ろしている久保田の顔にはとても余裕があって、一人で興奮している姿を見られるというだけでも泣きたいほど恥ずかしかった。

――……こんなのひどい。

だったらやめればいいだけの話なのに、堪えることが出来なくて、彼の手に擦るように小さく腰を振る。

恥ずかしい目に遭わせる男をひどく意地悪だと思うのに、それでも突き飛ばすことが出来ない。

快楽に負けたからではなくて、それでも久保田と触れていたいと思うからだ。

「久保田、さん」

わけもなく名前を呼んで、その体に縋り、腰を擦りつける。

何度も呼ぶと、どこか嬉しそうな声音で久保田が「どうしたの」と笑った。

「なに?」

ただ名前を呼んでしまっていただけなので、促されても返すべき言葉が思いつかない。

ああ、なんだっけ、と思いながら、ぎゅっと久保田に抱き付いた。

「……好き、です」

それだけを告げると、久保田はじっとして動かなくなった。それを少し怪訝に思いながらも、体を炙《あぶ》るような熱に浮かされて必死に体を動かした。

慣れてきたのか圧迫感が薄れ、少し大胆に動かせるようになると、体の中に妙に疼く場所があることに気づいた。

それは先程、久保田に「覚えてて」と言われていたところだ。

本能的に恐怖感を覚え、その場所には触れないように身を捩る。

「え、あ……っ？」

突然、上から押さえつけるようにして動きを封じられた。そして、中に入っているものがずるりと抜けていく。

「んんっ……あっ」

入れるときの何倍も早く、腰が引かれた。排泄感にも似た、不安を覚えるような快感に、桜町は唇を噛む。

いつのまにか瞑っていた目を開け、のしかかる男を見上げる。荒い呼吸をする唇を舐め、久保田は目を眇めた。

「……もう、平気だよね」

なにが、と訊くより早く、引き抜かれたものが一気に押し入ってきた。

「……――っ！」

深く突き入れられて、堪えきれずに仰け反る。

「っ……、……！」

一瞬目の前が真っ白になり、体が小刻みに震えた。

気が付けば、散々弄られていた自分のものから断続的に精液が溢れていた。

嘘、と呟くと、久保田がにっと笑う。

「……どうしたの？」

じわじわと痺《しび》れるような感覚に、実際自分が達したのだというのはわかる。けれどあまりに鮮烈な快感に、思考がついて行かない。

そして遅ればせながら、最初の頃のような苦しさはなく、寧ろ抵抗感なく久保田を受け入れてしまった己の体に戸惑いを覚える。

「痛くないよね？　自分から動くくらい、俺のに馴染《なじ》んじゃってたんだからさ」

「あ、あれはっ……ん！」

違う、と無意味な言い訳を許さずに、久保田は桜町の腰を掴んで思い切り打ちつけた。

「あぁ……！」

まだ熱の引かない体に、急激に刺激を与えられて桜町は嬌声を上げる。

「桜町さん……その声、すっげえくる」

「待って……いやだ……、ぁっ」

自分が知っている快楽よりも随分と強いそれに、桜町は身を捩って逃げようとする。けれどすぐに捕《つか》まり、仰向けに肩を押さえつけられた。

「あっあっ、あぁっ」

深い場所を突かれる度に、上擦った声が漏れる。

それが自分でもわかるほど快楽を訴えていて、桜町は首を振った。

久保田は桜町を押さえつけていた手を離し、桜町の体を両腕で包み、強く抱きしめる。

桜町は夢中で、久保田にしがみついた。

した。

「や、深い……っ」

「深いのいや？　気持ちよくない？」

久保田の掠れた声が鼓膜を擽り、いいも悪いもわからず、桜町はただいやだ、と繰り返した。

揺さぶられ、泣きながら浅い呼吸をする。久保田は桜町の項を撫でながら、唇を重ねてきた。無意識に、誘うように開いた口の中に久保田の舌が入り込む。

口腔への愛撫と、体の中への刺激に、桜町は体を竦めた。唇を離し、久保田が顔を覗き込みながら目を細める。

「こんな風にされるの、いや？」

目元と頬を撫でられて、自分の顔が涙でぐしゃぐしゃになっていることに気が付いた。いい年をしているのに、という羞恥はもうはるか遠く、ひく、としゃくりあげながら、桜町は頭を振る。

「わから、ないです」

舌がもつれそうになりながらも、必死に言葉にする。久保田は「わからないの？」の優しく笑った。その表情に何故だかきゅんとしてしまう。

「だって、こんなの、初めてで……」

誰かと抱き合って、これほど身も世もなく乱れるのは初めてだ。

乱れた呼吸を調えるため、ほうっと息を吐く。覆いかぶさっている久保田の体がびくんと強張った。

「あっ……ぅ」

その刺激に身を震わせた桜町の体を、久保田が勢いよく抱え直す。一体どうしたのかと問いかけ、彼の目がやけにぎらついていることに気づき桜町は息を飲んだ。

「桜町さん……やっべえ……」

「え、あの」

「くそ、桜町さんのせいだからな⁉」

「え、あ……っ！」

久保田に乱暴なくらいの強さで突かれて、その背に縋りながら声を上げる。

「や、ぁ……あっ、あぁっ……！」

再び快感の波が押し寄せてきて、桜町は久保田の背中に爪《つめ》を立てた。

「いっ……――」

三度も出したせいか、体液は殆ど出てこない。そのせいか、妙に間延びした絶頂感に桜町は息を止める。

ぎゅっと久保田のものを締め付けるのがわかって、同時に眩暈がした。

「っ、桜町さん……！」

息を切らしながら、まだ体の強張りが解けない桜町を待たずに、久保田は腰を動かした。

「っ……ぁ……あ、ぁ」

蠕動《ぜんどう》する内壁を擦られ、下肢は快感に揉まれて、粗相したように濡れていた。久保田が動くたびに、濡れた音がして強い絶頂感に苛《さいな》まれる。桜町は半泣きになりながら喘いだ。

「だ、め……！　まだ、まだいって、るっ」

「っ、ごめん、少し我慢して……っ」

「や、だぁ……っ」

切羽詰まった声で請われたが、既に限界を超えていた桜町はいやだと首を振った。

「やめ、動かないで……っ、無理っ」

けれどそんな願いも黙殺して、久保田はびくびくと動く桜町の腰を押さえつけて突き上げてくる。

「っ……」

何度も強く中を擦ったあと、久保田は身を固くして息を詰めた。同時に、体の中に熱いものが溢れる感触がする。

「んっ……ぁあ……っ」

思わず逃げ腰になったが、久保田に腰を押さえつけられ、更に深い場所に押し込まれた。

「ひ……」

「桜町さん……っ、動かないで、まだ出てるから……」

「嘘、やだ、いやだ……っ」

動かないでと言ったくせに、久保田は射精しながらゆっくりと腰を抜き差しする。体液が体の中でとろとろと零れる感触に、桜町は声にならない悲鳴を上げた。

満足するまで出しきったのか、久保田が桜町の上でふうと息を吐く。

そうして桜町の顔を覗き込み、相好を崩した。その瞳が好意をまっすぐに伝えてきて、胸が締め付けられる。

「桜町さん、好きです」

大泣きをして、きっとひどい顔をしているであろう桜町の頬を、久保田が優しく拭った。

宥められたことでさらに涙が溢れて、その情けなさについ「くそ」と悪態をついてしまう。

セックスで泣かされるなんて初めてで、一体どんな顔をして受け入れたらいいのかわからない。

久保田はご機嫌な様子で、桜町の目尻の涙を唇で掬った。

「ぐちゃぐちゃ。可愛い。好き」

「……誰のせいだと」

「うん、俺のせい。好き。大好き」

なんでそんなに嬉しそうに言うのだと呆れたが、溜息を一つするにとどめた。

抱きしめられて、深いキスをされる。それから、ぎゅっと抱き寄せられた。

「夢みたい」

「ええ？」

甘えた子供のような口調に思わず笑ってしまうと、久保田は抱き枕にするように桜町に抱きつきながら、首を振った。

俺のせいと言いながらもまったく悪びれない彼に笑い、桜町は目を閉じた。

「……しあわせ」

そんな彼の呟きを聞いて、桜町は小さく頷いた。


行為が終わったあとに立てなくなった桜町は、風呂まで入れてもらってしまった。平気だと強がってはみたものの、まったく平気そうではなかったためか、久保田は血相を変えながら、弥玖も含めて色々と面倒を見てくれた。

夜にはそこそこ回復していたので大丈夫だと言ったのだが、久保田は責任を感じてか夕飯まで作ってくれたのだ。

流石にその後は家に帰って行ったが、朝また来るからと言い置いて行ってしまった。

翌朝は、腰の痛みで目が覚めて、すぐにその文句をメールで送ると「すぐ行きます！」と返信があった。

「……本当に来るのかな？」

身を起こし、傍らのベビーベッドを覗き込む。弥玖は一足先に起きていたのか、桜町を見るなり「おあよー」と声を上げた。

おはようと返して弥玖を抱き上げると、下半身の色々な部分が軋《きし》んで桜町は呻《うめ》く。やはり慣れない体には少し辛くて、妙に下腹部や股関節が痛む気がした。

それでも、そんな痛みすら面映ゆく、愛しく思えてしまうのは、彼のことを好きだからなのだろうなと思う。

そんなことをしみじみと考えている自分がとても恥ずかしい。

弥玖をリビングで遊ばせながら朝食の準備をしていると、マンションのオートロックのインターホンが鳴った。

『おはようございます』

「……本当に来た」

応答したのは久保田で、オートロックを開ける。

朝早くから、と思いながら時計を見ると、既に十時半だった。弥玖に朝ごはんを食べさせていない、と内心焦っているところにドアチャイムが鳴る。

玄関ドアを開けると、久保田親子と漆原が立っていた。思わぬ人物の登場に、桜町は玄関先で固まる。久保田だけが、非常に気まずそうな顔をしていた。

こんにちは、と頭を下げた皓也と爽矢の声にはっとし、桜町も同じ挨拶を返して部屋に招き入れる。

「こんにちは、お邪魔しまーす。あ、これ手土産ね。どうぞ」

「……ありがとうございます」

漆原にドーナツの箱を渡されて、引きつりながら受け取る。

色々と、漆原には言いたいことも聞きたいこともあるのだが、子供たちの手前、この場では言えない。

漆原は、久保田を狙っているようだったが、結局桜町とまとまってしまった。やはり、爽矢の小学校入学を待っていた漆原からしてみれば、横から仁義もなくかっさらっていったとんでもない相手だろう。

謝るのもおかしいけれど、このままではいられない。そう思っていたのは確かだったが、まだ気持ちもまとまっていなかった。

だからなるべくは会うのを回避したい相手だったのに、久保田自ら連れてきてしまった。

――いったい、どういうつもりなんだよ……。気づいていないにしろ、もうちょっと空気を読んで欲しい……。

三人で遊び始めた子供たちをちらりと見やり、桜町はキッチンへと向かう。

「あの、お持たせで悪いんだけど、ドーナツ頂きましょう。コーヒーでいいですか？」

「んー。ていうか、あんたらくっついちゃったの？」

返事の代わりにとんでもないことを言った漆原に、桜町は思わずドーナツの箱を落とした。

久保田が眉根を寄せ、「そうだけど」と返す。

「く、久保田さん！　あんたなに言って……」

「なーんだ。やっぱそうなんだ」

ちら、と視線を寄越した漆原に、気まずくなって口を閉じる。

「あの、申し訳なく」

「ふうん」

そう言いながら、漆原がゆっくりと歩み寄ってくる。気持ちを知っていながら抜け駆けした、という状況に、殴られてもしょうがないかもしれないとすら思う。

怒鳴ろうとする久保田を手で制して、桜町は漆原を見やった。

「言い訳出来ることなんてなにもないと思ってますから」

「おう、上等だ」

にっと笑って、漆原が手を伸ばす。反射的に目を閉じた桜町は、首に腕がかかるのを感じて身を竦ませた。

次の瞬間、頬に柔らかい感触を覚えて、瞑目したまま疑問符を飛ばす。

「あーっ！」

久保田の叫び声に目を開けると、至近距離に漆原の顔があった。

——……なんだこれ？　なに、一体。

漆原はいたずらっぽく笑い、桜町の頬に唇を寄せてくる。その感触に、先ほど自分が頬にキスをされたのだということに遅ればせながら気づいた。

「あ、の？」

「やっぱ揶揄いがいのあるひとだなあ」

「おま、離れろ！　桜町さんから！」

ほとんど絶叫しながら、久保田が桜町を抱き寄せる。一人状況が飲み込めずに目を瞬いていると、漆原が腹を抱えて笑い出した。

「わー、そういうの傷つくなあ。俺がくっつけてあげたようなもんなのにぃ」

「……お前のは『ひっかきまわす』っていうんだよ！」

久保田が吠《ほ》えると、漆原はそんなことより、と息を吐く。

「ていうかさぁ、二人ともそんなくっついてていいの？　ちびども見てるよ？」

漆原の科白に、はっと背後を振り返る。

キッチンの入り口で、子供三人がトーテムポールのように連なってこちらを覗いていた。

「み、弥玖？」

久保田の腕を振り払い、手を伸ばすと、弥玖はきょとんと桜町を見つめて皓也に抱きついた。

拒絶されたような気がして固まっていると、弥玖は皓也に向かって両手を伸ばす。

「ん？　弥玖ちゃん、なに？」

皓也が顔を近づけると、弥玖が両手を伸ばしてその頬にキスをした。

「あーっ！」

キスをされた皓也は、不思議そうな顔をしている。それを見ていた爽矢が、「ずるい！」と声を上げた。

「弥玖ちゃん俺にも！　俺にも！」

「あい」

自ら頬を寄せに行った爽矢にも、弥玖は惜しげもなくキスをする。

どんな顔をしていたのか自覚はなかったが、皓也が気まずげな表情で弥玖を抱き下ろした。

桜町は慌ててしゃがみこみ、皓也につかまり立ちをしている弥玖と目線を合わせる。

「み、弥玖」

「とーたん」

両手を伸ばし、弥玖は桜町の頬にもキスをしてくれる。

いつもの挨拶を自分にしてくれてほっとしたが、自分以外にするとは思っていなかったのでショックが隠せない。

弥玖の頬にキスを返しながらも呆然としていると、傍らに久保田もしゃがみこんだ。

「ちゃーちゃ」

とことこと弥玖が久保田と漆原のほうへ歩いて行こうとしたので、桜町は慌てて娘を抱き寄せた。

「弥玖、お父さん以外にチューしちゃいけません」

「おとなげない。おとなげないよ、桜町さん」

傷つくなあ、と久保田が笑うが、ここは譲れない。こんこんと娘を諭す横で久保田に茶化されたが、ここは譲れないのだ。

絶対に駄目だと言ってみるが、弥玖にはよくわからないのか、つぶらな瞳をまっすぐとこちらに向けたまま首を傾げた。

「弥玖、わかった？」

「まんまー」

父親の言うことよりも食い気が勝った娘に請われ、桜町はがくりと項垂れる。そもそもキッチンにまで足を運んだのは、いつまでもドーナツを持って現れない大人たちに焦れたからだろう。

「……とりあえず、お茶の準備するからテーブルのほうに行ってもらっていいかな？」

「はい。行くよ、爽矢、弥玖ちゃん」

皓也がよい子のお返事をして、小さな二人と手を繋いでリビングへ向かう。

「いいじゃない、ほっぺにチューくらい」

漆原が言うのに、桜町はぶんぶんと頭を振る。

「よくない。こういうのは最初が肝心なんです」

「どうせファーストキスなんて、とっくに奪っちゃってるんでしょ？」

「まさか！　小さいうちから子供にマウストゥマウスなんてするはずがないでしょう。虫歯になる」

　実のところ、したいのはやまやまだったが、子供のことを思えば出来るはずがない。それに、万が一嫌がられたらと思うと迂闊《うかつ》なことは出来なかった。

「やっとけばいいじゃない。どうせいずれは他の男にとられるんだから」

　小さなぷっくりと山型の唇をいずれ何者かに奪われると、想像するだけで怒りが湧き上がる。

「……怒りますよ。うちの娘は絶対に嫁には出さないと決めてるんです」

「……桜町さん、目がマジです」

　別にマジなのは目だけではない。

　弥玖はずっとお父さんと一緒だと、今からせっせと言い聞かせているのだ。親馬鹿と言われても馬鹿親と言われても構わない。

「俺が代わりにチューくらいしてあげますから」

「ばっ……」

「殺すぞ漆原」

　子供たちが聞いていたらどうするのかと慌てている桜町とは裏腹に、二人は睨みを利かせあっている。

「桜町さん、ほんとにこいつでいいの？　こいつ結構心狭いよ？　桜町さん好きすぎて、ママ友作る機会奪っちゃうようなやつだよ?」

「漆原てめえ……!」

「というか、漆原さん、あなた久保田さんのことが好きって言ってたじゃないですか」

桜町のつっこみに、久保田が目を丸くする。

「なんですかそれ」

「え、だって……漆原さん、久保田さんのことが昔から好きで、それで俺に」

子供たちが大きくなったら告白するから、と宣戦布告までしてきたのだ。けれど、それを伝えていいのかわからず、桜町は口を噤んだ。

けれどピンときたらしい久保田は、漆原を睨みつける。

「お前、そうやって邪魔してたのか!」

「なんのことー?」

へらへらとする漆原の様子を怪訝に思っていると、久保田がものすごい勢いでこちらを振り返った。

「桜町さん、こいつが俺のこと好きだとかなんとか言ったんでしょうけど、本気にしないでくださいね。こいつの言うことは、全部反対に聞いておくくらいでちょうどいいんですから! こいつは真正の天邪鬼《あまのじゃく》なんですから!」

「は、はあ」

「お前の男遍歴見てると、桜町さんみたいな生真面目タイプが多かったから、もしかしてとは思ってたんだ……！　やっぱりか、やっぱりなのか！」

久保田の咆哮《ほうこう》に、漆原が笑い声を上げる。

ひとりだけ状況の飲み込めない桜町が目を瞬いていると、漆原が笑顔で抱き着いてきた。

「俺ね、元々タチなんです」

「タチって？」

「ん、セックスで突っ込むほう」

きれいな顔から出てきたとんでもないセリフに、桜町はぽかんと口を開けてしまった。

「漆原、下品なこと言うな！」

「で、桜町さんみたいに真面目そうで綺麗な顔したちょっと大人しめで優柔不断な卑屈タイプ、だーい好き」

ハートマークが語尾についてそうな声音で、褒めているんだか貶《けな》しているんだかわからないことを言われて、桜町は困惑する。

つまり、最初からこの男は自分にライバル宣言などしていなかったのだ。困る桜町の姿を楽しんで、二人の恋路を邪魔していたと、そういうことなのだ。

ことごとく、その態度に騙されてきていた自分が情けない。

「とりあえずお前はさっさと帰れ。今日だって無理矢理くっついてきやがって……！」

「帰りません。俺は絶対帰りません。ていうかお前、恋のキューピッドにそういうこと言う？」

「誰がキューピッドだ。お前はいっぺんキューピッドに謝ってこい」

「ま、まああ……みんなでドーナツ食べましょうよ」

言い合いを始めてしまった二人を、置き去りにされた桜町は必死に宥めてみる。漆原が
「桜町さん優しーい」と抱き着こうと腕を伸ばしてきたが、久保田が頭を叩いてそれを阻止した。

「仕方ねえな。取り敢えずお前は俺らがラブラブなのを見ていけ。そして諦めろ」

「ええと……」

それは果たして効果があるのかどうなのか、疑問なところだ。現に、漆原に悪びれた様子はないし、なにより人前でいちゃつくのが躊躇われる。

うーん、と漆原は思案するように首を傾げた。

「なんなら三人で楽しむのもありじゃない？」

「は……」

「却下だ！」

「——さんにんでって、なに？」

一体なにを三人で楽しむのだ、と理解に苦しんでいると、一向にドーナツを持ってこない大人たちにしびれを切らした子供たちが、再びじっとこちらを見ていた。

桜町と久保田は、思わずその場に固まる。

子供たちは顔を見合わせ、「おれたちもたのしむー！」と突進してきた。

おやこどんぶり、と下品なことを言った漆原の頭を叩き、桜町は子供たちのお茶を入れるべくケトルを火にかけた。

あとがき

はじめまして、こんにちは。栗城偲《くりきしのぶ》と申します。

この度は拙作『ちょっと並んで歩きませんか』をお手に取って頂きましてありがとうございました。子連れＢＬ、楽しんで頂ければ幸いです。今回は美しい口絵が付きます。得した気分ですね。

このあとがきを書いている時点では実物は当然見ていないのですが、帯の文言は「俺と子づくりしませんか？」だそうです。

もう既に結構な子沢山なわけなので、「まだ作るの？　ってなりますね！」と言ったら「いえ、ＢＬだから出来ないですよ！」と担当さんに普通に返されました。担当さん……。

ちなみに、その帯をめくった位置に子供が一人隠れているはずなので、まだ帯を外されていない方は是非ご覧ください。

そういえば、初稿に比べると受けの桜町がだいぶ明るく（？）なりました。というか、今も若干片鱗があるのですが、初稿から最初の改稿くらいまでは殆ど育児ノイローゼ状態の人でした。育児ノイローゼＢＬはいけません……。改稿の度に担当さんから「まだノイローゼっぽいので……」と言われた思い出。

イラストは北上《きたかみ》れん先生に描いて頂きました。

メインのパパ二人ももちろんとっても素敵なのですが、子供たちの愛らしさといったらないです……！　三人とも可愛いのですが、特に爽矢が愛くるしくて好きです。

お忙しいところ、ありがとうございました。大変お疲れ様でした。

最後になりましたが、改めまして、この本をお手にとって頂いた皆様に心より御礼申し上げます。ありがとうございました。感想など頂けましたら嬉しいです。

またお目にかかれますように。

栗城　偲

おっとり系美人のお父さんと人懐っこいイケメンパパが送り迎えできゃっきゃウフフしてる保育園てどんな癒しスポットですか…と思いながらお仕事させていただきました。
作品を楽しんでいただく一助となれたなら幸いです。

また今回、先生や担当さまにはたいへんご迷惑をおかけしてしまい申し訳ありませんでした。そしてありがとうございました。

北上れん

ガッシュ文庫

ちょっと並んで歩きませんか
（書き下ろし）

栗城 偲先生・北上れん先生へのご感想・ファンレターは
〒102-8405 東京都千代田区一番町29-6
（株）海王社 ガッシュ文庫編集部気付でお送り下さい。

ちょっと並んで歩きませんか
2014年11月10日初版第一刷発行

著　者　栗城　偲　[くりき しのぶ]
発行人　角谷　治
発行所　株式会社 海王社
〒102-8405　東京都千代田区一番町29-6
TEL.03(3222)5119(編集部)
TEL.03(3222)3744(出版営業部)
www.kaiohsha.com
印　刷　図書印刷株式会社

ISBN978-4-7964-0631-4

KAIOHSHA　ガッシュ文庫

――俺にしておきなよ。
追憶の庭
precious memories
栗城 偲
Shinobu Kuriki
illust
梨とりこ
Torico Nashi
大学生の大和は、亡き祖父の家で捜し物をしている。それは日本画家だった祖父の唯一の人物画。けれど、祖父の同居人だったその家の現在の住人・閑野の不摂生を見かね、家事もすることに。涼やかな美貌の閑野と過ごすうち知らず惹かれていった大和だが、閑野が祖父の愛人だったらしいことに気づく――。

KAIOHSHA　ガッシュ文庫

ILLUSTRATION
サマミヤアカザ
Akaza Samamiya
きみがすきなんだ
栗城偲
Shinobu Kuriki presents
すぐに大人になるから――薬指《そこ》、予約な。
高校生の夏月と小学生の冬弥は、マンションでお隣同士の幼なじみ。小さい頃は可愛かったのに…今では呼び捨てだし、声変わりして身長もめきめき伸びている冬弥は生意気だ。でも、いつもは意地悪なのに、夏月が弱っていると気づいてそっと慰めてくれる。そんな大人びた冬弥に、なんだか夏月はドキドキして…!?

ILLUSTRATION
サマミヤアカザ
Akaza Samamiya
栗城 偲
Shinobu
my dear
あなたを守れるように、
早く大人になるから。
塾の特別進学クラスでも成績がトップの小学生・茂永渓は、ある夜、男に殴られていた高校生の七水を助けた。二度と会うことはないと思っていたのに、七水に懐かれてしまう。手先はとても器用なのに勉強はまるでダメな彼に教授したりするうちに、男だし年上だしおバカなのに…いつしか七水が可愛く思えてきて!?

KAIOHSHA　ガッシュ文庫

獣欲
—花嫁は狼に奪われる—

あさひ木葉
イラスト／小路龍流

小さなバーに勤める和彦には秘密があった。それは人狼であること。そして、両性具有であること。その秘密を絶滅の危機に瀕する一族に知られ、囚われてしまう。純血種である兄弟——敬二郎と紀三郎に無垢な体を拓かれ、屈辱と過ぎた快楽は和彦から理性と矜持を奪い…!?　人狼兄弟に囚われた花嫁。

ラヴァーズ・コンタクト

洸
イラスト／高城たくみ

美島は海の底から宝物を引き上げる『サルベージ』にロマンを感じ、とある海洋調査船にダイバーとして所属していた。しかし美島の新しいバディ・黒澤はクールでロマンのかけらもないリアリスト！　最初こそ折り合いの悪い二人だったが、バディとして活動するうちに黒澤に惹かれてゆき…!?　揺れるバディと恋の狭間。

B.B. con game

水壬楓子
イラスト／周防佑未

鳴神組の双璧と呼ばれる武闘派の真砂と頭脳派の千郷。真砂に口説かれ続けていた千郷は、一度だけ身体を許した。だが、心までほだされたわけではなかった。真砂が心をも奪おうとする一方、千郷は彼にすべてを許す日がくるとは思えず…。そんな折、敵対組織が絡む事件に巻き込まれていき…!?